安居院 晃
イラスト tef

「長時間
やる必要はないって、
言ってるよね?」
「不可抗力だよ、
ヴィル……ご馳走様」

1

最強守護者と叡智の魔導姫

死神の力をもつ少年はすべてを葬り去る

最高司書官
クムラ
《天使》

最強守護者と叡智の魔導姫

死神の力をもつ少年はすべてを葬り去る

1

The Sorceress of Wisdom
with
the Strongest Guardian

安居院 晃

イラスト / tef

The Sorceress of Wisdom
with
the Strongest Guardian

CONTENTS

プロローグ

『上司命令　ヴィルは本日中に隣の書類に記名すること！』

早朝。街中にある、少し変わった図書館にて。

正面玄関から建物に入った僕は、自分の仕事机に置かれていた紙を手に取り、深い溜《た》め息《いき》を零《こぼ》した。

今月はやけに回数が多いな……。

呆《あき》れの言葉を胸中で呟《つぶや》きながら、僕は指示が書かれた紙の隣に置かれていた書類に目を向ける。紙面の上部に書かれていたのは『婚姻届』の文字。ご丁寧なことに、僕の名前を記名する欄以外は全て記入済み。あとは僕が欄に名前を書き記せば、この書類は完成するというわけである。

「これを用意する行動力を仕事に充ててほしいんだけどなぁ」

呟いた僕は書き置きと婚姻届を一つに重ねて手にし——ビリビリと音を立て、それらを豪快に破った。次いで、意味のない紙屑《かみくず》と成り果てたそれらを球状に丸め、壁際に置かれているゴミ箱へと投げる。宙に放物線を描きながら飛ぶ紙屑は、見事にゴミ箱の中へと着地。その事実に奇妙な達成感と満足感を覚えていると、不意に、少し離れた場所にあるソファに寝転がって本を開いていた少女が僕に向かって声を張り上げた。

「ヴィル！　問答無用で捨てるのは如何《いかが》なものかと思うのだけれど！」

「あまりにもふざけた命令書は速攻で破り捨てて良い。っていう法律が昨日から施行されたんだよ。クムラは知らないの？」

「はい嘘《うそ》！　そんな意味不明な法律が議題に上った議会はありません！」

大きな抗議の声を上げ、少女――クムラは、威嚇する子猫のように歯を剝《む》き出しにする。ただ迫力が一切ないので、全く怖くない。ある程度の年齢を重ねた者で、今のクムラに恐怖する者はいないだろう。

向けられる抗議の声と視線を意に介すことなく、僕はクムラに呆れの目を向けた。

「今月に入ってから、婚姻届にサインをしろと言われたのは二十四回目。回数を増やせば押し切れると思っているのかもしれないけど、僕はサインしないからね？」

「えぇ～？……わかった」

「？　なんで急に物分かりが良く？」

素直に受け入れたクムラに、僕は首を傾《かし》げた。普段の彼女ならば、最低でも三十分は駄々を捏《こ》ねて文句を言ってくる。ヘタレ、ムッツリ、結婚してなど、色々なことを言われるのだが……どういう風の吹き回しだろう。諦めがついたということなのか？

そんな予想と期待を胸にクムラの言葉を待っていると、彼女はハグを要求するように両手を僕に向けた。

「その代わり――ヴィルの童貞を頂戴？」

「不思議だね。なんで起きてるのに寝言を言っているのかな」

「勿論《もちろん》、タダでとは言わない。私の初めてを差し出すよ。優しくしてね？」

「……」

このまま続けても、相手のペースに呑《の》み込まれるだけだな。

僕はまともに相手をすることをやめ、手近な場所にあった椅子に腰を落ち着ける。すると、こちらに向けていた両手を下げたクムラは背中をソファの背凭《せもた》れに預け、天井を見上げた。

「今回も駄目かぁ。通算二百九十八回の求婚も、あえなく失敗と」

「そんなに求婚していたんだ。それだけ断られて諦めないとは……諦めが悪いと言うべきか、往生際が悪いと言うべきか」

「その台詞《せりふ》は、そっくりそのまま返すよ」

細めた目で僕を射貫《いぬ》き、クムラは足を組んで溜め息を吐《つ》いた。

「二百九十八回求婚されても尚《なお》、諦めがつかずに断り続けるなんて……ヴィルにとって、私はそんなに魅力がないの？　泣いていい？　君の胸で」

「さりげなく抱き着く口実を作ろうとしない。まぁ、魅力がないとは言わないけどさ……」

否定しながら、僕は頬を掻《か》き、ムスッと頬を膨らませるクムラを観察した。

実際のところ、クムラはとても魅力的な女性だと思う。艶やかな銀糸の長髪に、同色の大きく丸みを帯びた瞳。一見するとクールな印象を受けるが、その実とても明るくてポジティブな性格をしている。やや小柄ながらスタイルも良く、街中では目を惹《ひ》く。

それに――背中に生えた一対の白い翼と、頭上の光輪が、彼女の美しさをより引き立てている。天使族という種族は、美しさが約束されているようなものなのだが、その中でも、クムラは群を抜いた美貌だ。

実際に見たことはないけれど、街を歩くと結構声をかけられるそうだ。こうして言葉にして並べると、クムラがとても多くの魅力を持っていることがわかる。

ただ、幾ら彼女が魅力に溢《あふ》れる素敵な女性だからと言っても、僕には愛を素直に受け入れることができない理由がある。愛を受け入れる前に、やらなければならない目的があるから。

「……恋愛に現《うつつ》を抜かしている暇は、僕にはないんだよ。そりゃあ、生涯独身を貫くつもりはないけどさ。特に一生を決める大事なことを、簡単には決められないよ」

「もっと勢いに身を任せても良いと思うけどなぁ～」

「楽観的に考えて選択して、失敗したら大変な目に遭うだろう？　僕は常に慎重派なんだよ。自分から進んで危ない橋を渡ることはしない」

「後悔はさせない。だから私のものになっちゃいなよ」

「それは普通男が言うべき台詞だと思うんだけど……」

聞いているだけで恥ずかしくなる台詞だ。そういうことを平気で言って、クムラは恥ずかしくないのだろうか？

そう思った直後、彼女は懐から銀色のスキットルボトルを一つ、取り出した。

またこの子は朝っぱらから……。

僕の呆れた視線には気づくことなく、クムラは流れるような動作で蓋を回し開け、中身の液体を喉に通す。飲みっぷりだけは一人前、と言わざるを得ない。

「ん……ヴィルも飲む？」

僕がジッと見つめていることに気が付いたらしく、クムラは飲み口から口を離し、ボトルをこちらに向けた。

冗談じゃない。中身の液体の正体を知っている僕は首を左右に振り、丁重にお断りした。

「いらないよ。まだ朝だし、仕事を始める前にアルコールで脳を破壊するわけにはいかない」

「？　だったらなんで私のことをジッと見つめて……はっは～ん？」

言葉を途中で切り、クムラはニマニマと腹の立つ笑みを浮かべた。一体何を思い付いたのかはわからないけれど、確実に言えることは、彼女が何か碌《ろく》でもないことを考えているということ。

とりあえず聞くだけ聞いてやるか。と、僕は半分聞き流すつもりで尋ねた。

「なに？」

「いや～、度数の高いウイスキーを身体《からだ》に補給して活性化した脳で、私は気が付いてし

まったよ？　ヴィルが私のことをジーっと、恋をする乙女のように見つめていた理由をね」

異様に腹の立つ口調と台詞で前置きしたクムラは一拍空け、

「ズバリ――欲情したんでしょ！」

笑顔で言い、僕は仕事を始めようと立ち上がる。

「妄想疾患もあるみたいだね。あとで病院の予約をしておこう。マジで」

で、有意義に仕事を……と思ったのだが、自分の席への一歩を踏み出す直前『ごめんってぇぇぇぇぇッ！』と、涙目になったクムラが叫びながら僕の腰にしがみついてきた。

数メートルの距離を一瞬で詰めたのは、彼女がただの酒好きな駄目娘ではない証拠か。

チッ、もっと早くに自分の席に戻るべきだった――ってか力強すぎ。普通に痛い。

「ぐ……ったく」

着席を余儀なくされた僕は先ほどの椅子ではなく、クムラが座っていたソファへと移動。

そこに腰を下ろし、どさくさに紛れて僕の腹部を弄《いじ》っているクムラの脳天に手刀を落とした。

「うへへぇ……あ痛――ッ！！？」

「何処《どこ》触ってるんだよ。酔っ払い天使」

「て、手の届くところにオアシスがあったから、つい……」

変なことを言い、クムラは頭頂部を両手で押さえながら痛みを堪《こら》える。結構強めに落としたから、それなりに痛いはずだ。仕事中に飲酒するような悪い子には、丁度良いおしおきになったことだろう。これで直るとは思わないけど。

案の定、クムラは悪びれることなく、さりげなく僕の膝に頭を乗せた。

「しばらくこのままでお願いします」

「はぁ……ちょっとだけだからね？」

「ありがとと大好き愛してる結婚して幸せな家庭育んで愛し合おう」

「遠慮しとく」

「つれないなぁ～」

頬を膨らませたクムラはブーブーと不満そうに言い、背中の翼をパタパタと動かす。まるで五歳児を相手にしているような感覚だ。昼間から酒を飲むような五歳児はいないけど。

何となく、僕はクムラの銀髪を撫《な》で、言葉を零した。

「お願いだから、もう少し自分の立場を自覚してほしい」

「立場？」

「うん。仮にも君は組織のトップなんだから、下の者に対して示しがつかないような行動は改めるべきだ。特に今……酒飲んだ挙句に、補佐官の膝枕で寝転がっている姿とか、部下に見せられる？」

「…………余裕？」

「質問した僕が馬鹿だったかもしれない」

クムラの回答に、僕はがっくりと項垂《うなだ》れた。

改めて考えてみれば、彼女に上に立つ者の責任とか態度とか、そんなことを説いたところで無意味なことだった。それを教えただけで改めるのであれば『禁忌図書館の問題児』『酒豪天使』『肝臓にダメージを与え続ける美少女』などの異名を拝命していないだろう。部下に示しがつかない行動は控えるべきとか言ったけれど、既に周知の事実でした。畜生！

心の中で叫びつつ、僕は自分の懐に手を入れ、そこから『依頼書』と書かれた白い封筒を取り出した。

「はいこれ」

「ん？　もしかしてサインを書いた婚姻届……」

一瞬目を輝かせたクムラは封筒が自分の望むものではないことを悟ると、途端にわかりやすいほどに落胆した。

「じゃ、ないか。期待して損した」

「最初からそんな期待はするなよ。封筒に依頼書って書いてあるだろ？」

「本当だ。何処から……考古学研究所の、ファム＝バラナーナ？」

封筒の裏に記されてあった送り主の名前を見て、クムラは驚きを含んだ声を上げた。

「へぇ、珍しいね。私のことを目の敵にしている彼女が、自分から依頼を持ち込んでくるなんて。明日はガラスでも降るのかな？」

け過ぎだよ」

「彼女がクムラを目の敵にしているのは、君に非があると思うけどね。才覚の差を見せつけ過ぎだよ」

「酷《ひど》いなぁ」

カラカラと笑い、クムラは身体を起こして立ち上がった。

「ま、彼女が私を頼ってくるってことは、かなり切羽詰まっている状況なんでしょ。ここは人の上に立つ者として、力を貸してあげようではないか」

「意欲的に仕事へ取り組んでいただけるようで、何より――」

「そ・の・代・わ・り」

人差し指を僕に向けたクムラは、ニヤっと不敵な笑みを浮かべて、言った。

「頑張ったら、ご褒美が欲しいな」

「具体的には?」

「一番嬉《うれ》しいのは勿論、ヴィルとの子供だけど……それは、私が自分で勝ち取るつもりだからね。だから、内容はヴィルに任せるよ。ご褒美に相応《ふさわ》しい、私がとびきり喜ぶものを期待してる」

「一番難しいことを……」

つまるところ、頑張って頭を使って私を喜ばせて、ということなんだろう。ったく、この天使はどれだけ僕を困らせたいんだか。

ただ、望まれてしまったものは仕方ない。彼女の補佐官の名に恥じぬよう、飛び切り喜ぶご褒美を用意してみせる。

心の中で決意し、僕は首を縦に振った。

「了解しました――最高司書官殿」

第一章 ✦ 古くから、天使とアルコールは切っても切れない関係にあるらしい

青く染まる大海原の空に浮遊する島に築かれた国――ブリューゲル王国。

最高の叡智が集う場所としても知られる君主国家であり、遥か昔には敵対していた天使族と悪魔族という二つの種族が、大きなトラブルを起こすことなく生活している。

知識で構成された国とも言われ、そんな別名がつけられるだけあり、国内には五百を超える図書館が存在している。全図書館に所蔵されている冊数は六千万冊を優に超え、毎日のように自らの知見を深めようとする多くの人々が図書館を訪れていた。

そんな王国の中心地――王都ピーテルには、特別な図書館があった。

大きさは平均の半分ほどしかなく、外壁には苔や蔦が這う古びた石造りの建物。王都の中心に聳える王城から近い場所にあるものの、ほとんど人通りのない路地裏にあるため来館者は基本的になし。不気味な外観と雰囲気のため、幽霊が住み着いているという噂さえ流れている始末。図書館に通う者の間でも、あそこには近づかないほうがいい、というのが共通認識となっていた。

だが、大半の者は真実を知らない。

人々の多くが認知せず、存在を知る者さえも忌避し近づこうとしない、古びたその図書館こそ――ブリューゲル王国最大の叡智、門外不出の禁書を所蔵する禁忌図書館であるこ

とを。

◇

「つかぬことをお伺いしますが、ヴィル様」

依頼書が届いた日から二日が経過した快晴の午後三時、禁忌図書館にて。

お茶請けとして購入したショートケーキを机の上で切り分けていると、付近のソファに腰を落ち着けていた少女が、やや悲しみを含んだ声色で僕に問うた。

「もしかして私、クムラ様から視界にも入れたくないほど不快な虫ケラだと思われているのでしょうか？」

「急にどうした？」

あまりにも唐突な、ネガティブな発言。僕は思わずケーキを切る手を止め、今の言葉の発言者のほうへと目を向けた。

肩口で毛先が揺れる艶やかな紅玉色の髪、少し垂れ、穏やかな印象を与える同色の目。身に纏《まと》う白のシャツや黒いスカートには皺《しわ》一つなく、彼女の真面目さが感じられる。そして――背中と尾骶骨《びていこつ》部分からは、彼女の悪魔族という種族を象徴する黒い羽と尻尾があった。お洒落《しゃれ》なのだろう。尻尾の根元付近には赤いリボンがあしらわれている。

ここに来てから、ネガティブになる出来事なんてあっただろうか？

彼女が図書館を訪れてから今この瞬間までの記憶を思い返しながら、僕はどんよりと肩を落としている少女に言った。

「クムラは別に、ファムを嫌ってなんかいないはずだよ。どうして、そんな風に思ったの？」

「いや、だって……」

僕から視線を外した彼女――ファムは目を半分に細め、少し離れた場所にあるソファを見つめた。正確には、そこで酒瓶を胸に抱いて爆睡を決めている天使を。

「私、手紙でこちらに伺う日時を書きましたよね」

「書いてあったね。ちゃんと」

「なのに、クムラ様は私が来ても爆睡しています！　これって、私に会うのが嫌すぎるから、せめて同じ空間にいる間は意識を夢の世界に旅立たせようという魂胆ですよね？　酷い。仲があまり良くないのは承知していますけど、仕事なんですから割り切って――むぐ」

「はい、そこまで」

フォークの先端に突き刺した苺《いちご》をファムの口に押し込み、僕は彼女を沈黙させた。感受性豊か。時間を作って態々《わざわざ》出向いた先で相手が爆睡していたら怒るのは当然だけど、感情に身を任せるのは良くない。それに、ファムは自分の思い込みだけで、色々と勘違いしている。しっかりと、僕が説明してあげないと。

僕はケーキの載った皿と紅茶の入ったカップをファムの眼前に並べ、彼女の誤解を解くことにした。

「落ち着いて、ファム」

「す、すみません。私、また……」

「思い込みが激しい性格は理解しているから、大丈夫だよ。それと、クムラは別に君に会いたくないから眠っているわけじゃないから、安心して」

「……では、どうして？」

「単純な話だよ。クムラは――」

包丁に付着した生クリームを布巾で拭き取り、自分用のカップに紅茶を注ぎ、それを一口飲んでから、僕は告げた。

「昨日の夜から今朝にかけてウイスキーの瓶を二本と、ブランデーを一本空けた。嫌いとか云々《うんぬん》じゃなくて、泥酔して泥のように眠っているだけなんだ」

「何も安心できないですよ!?」

クムラが眠っている理由を聞いたファムは鬱屈とした雰囲気を一瞬で吹き飛ばし、目を見開いて大きな声を上げた。そんな反応をするのも無理はない。いや、本当に。

「なんで一日の許容摂取量を冒瀆《ぼうとく》するような量を飲んじゃってるんですか!? 基準を発見した研究者たちに土下座したほうがいいですよ！」

「僕に言わないでもらえる？」

ファムの視線から逃れるように、僕は顔を背けた。

研究者に土下座とかのくだりは想像していなかったけれど、まぁ、何で飲ませたのかは聞かれると思っていた。そりゃあ神聖な図書館——その中で最も重要な禁忌図書館に幾つもの酒瓶が転がっていて、尚且《なおか》つ図書館の責任者が泥酔していたら、そんな疑問の一つや二つは平気で浮かぶことだろう。僕が今のファムの立場だったとしたら、眠るクムラを無理矢理叩《たた》き起こして怒鳴りつけていたかもしれない。

依頼を受けたのはこちらだけど、態々足を運んでもらったのにごめんなさい、という気持ちしか湧いてこなかった。

本当にごめん。申し訳なさに心を痛めていると、ファムが腕を組んで言った。

「そもそも、ヴィル様はクムラ様の保護者なのですよ？　彼女が無茶な飲み方をしていたら、ちゃんと止めないと！」

「その設定は初めて聞いたなぁ。僕はクムラの保護者じゃなくて、補佐官なんだけど」

と、即答でファムの言葉を否定した時。

「その通りだよ〜ファム」

突然、夢の中に旅立っていると思われたクムラが上体を起こし、ファムに向かって不敵な笑みを向けた。

「ヴィルは私の保護者じゃなくて——愛《いと》しい婚約者だよ。今後は間違えないように」

「うん。それも違うよね。寧《むし》ろ最初よりも遠くなったよね」

僕たちがいるソファへと近づいてくるクムラに言い、僕は彼女の分のケーキと紅茶を用意した。一体いつ、僕が彼女の求婚を受け入れ結婚を約束したというのか。……油断すると、その嘘《うそ》を真実として街中に広めそうで怖い。埋めるなら外堀からだよね♪　とか言って、本気でやりかねない。警戒しておこう。

「こ、婚約者……って」

「あー……ファム？」

クムラの事実無根な嘘を真実だと思ったのか、ファムはやや動揺した様子を見せ、尻尾をピン！　と直立させた。

このまま家に帰すと、このデマが一人歩きすることになる。絶対に誤解を解いてから帰宅させなければ。

「クムラの言っていることは嘘だから。そんな事実は何処《どこ》にも――」

「ふ、不埒《ふらち》です！　ヴィル様の引き締まった肉体にクムラ様がゲス顔で舌を這わせる関係なんて……天使の風上にもおけません！」

「婚約者をどういう関係だと思ってるんだよ」

明らかに歪《ゆが》みまくった想像に思わず突っ込むが、ファムは自分の妄想に耽《ふけ》っているらしく、僕の声は全く聞こえていないらしい。頼むから僕の話を聞いてほしい。そして誤解を解いてから帰ってほしい。

しかし、切実な僕の願いは残念ながら届かず、それどころか、ファムの純情初心《うぶ》（？）

な反応に悪乗りしたクムラがさらに油を注いだ。

「フフフ、この前は楽しかったねぇヴィル。二人揃《そろ》って生まれたままの姿で、ベッドの上で淫らな汗を流して……ヴィルの唇の感触、未《いま》だに思い出せるよ。柔らかくて、それでいて荒々しかった」

「！　お、お二人はもうそんな関係に……ッ。く、クムラ様！　貴女《あなた》が幾らヴィル様よりも上の立場にあるからといって、王国一の美少年に淫らなことはしないでくださいよ！　羨まし——良くないことです！」

「自分の欲望漏れてるよ」

声が届かないことを承知で、僕は一応ファムに言った。

本題に入る前なのに、既に渾沌《こんとん》な状況。このまま二人を放置していたら、いつまで経《た》っても話し合いは進まない。二人とも、一つのことに夢中になると周囲が見えなくなる性格の持ち主だから。

仕方ない。ここは一つ、強引に軌道修正するとしよう。

小さな溜《た》め息《いき》を吐《つ》いた僕は卓上壺《つぼ》に入っていた角砂糖を二つ手に取り——色々とヒートアップしている二人に投擲《とうてき》。十分な速度と威力を孕《はら》んだ角砂糖は両者の眉間へと正確に着弾し、衝突の衝撃で粉々になる。同時に、投擲を受けた二人は眉間を押さえて俯《うつむ》いた。相当痛いらしい。

よし、やっと静かになった。

沈黙した二人に満足し、僕はケーキを一口に食べてから、彼女たちに言葉を差し向けた。

「いいかい、二人とも。今日は他愛ない世間話やくだらない喧嘩《けんか》をする日じゃないんだよ。そういうことは、本題が終わった後にしなさい。わかった？」

「「ぎょ、御意……」」

「何その返事」

今時そうそう使われることのない言葉にツッコミを入れつつ、僕は安堵《あんど》の息を零《こぼ》した。これでようやく本題に入ることができる。二人の喧嘩というかじゃれ合いはこの後も続くのかもしれないけれど、本題に入ってしまえばこっちのもの。補佐官として、僕が上手《うま》く緩衝材の役目を果たしつつ、円滑に進めるとしよう。

二人の仲は険悪とは言わないけれど、もう少し仲良くできないものか。

二人を見ながらそんなことを考えていると、額から手を離したファムが鋭い目をクムラに向け、苦言を呈した。

「お願いごとをする身でこんなことを言うのはあれかもしれませんが……泥酔した状態でお仕事をするのは如何《いかが》なものかと思いますよ」

「それはファムに大賛成」

至極真っ当であり、反論の余地もない指摘。それを受けたクムラは一度紅茶の入ったカップに口をつけ、次いで、何故《なぜ》か澄ました顔で言った。

「私に禁酒を要求するなんていい度胸じゃないか、ファム。既に私とアルコールは一心同体、互いに離れることを禁じられた関係だよ？　私に酒を飲むなと言うことはつまり、生物としての歩みを止めろと言っていることに等しい。君たちは水なしで生きていくことができるのかい？」

「変な言い回しをしているけど、要するに単なるアルコール依存症ってことですよね？」

「アルコール依存症じゃない。心を奪われているだけさ」

「一緒です」

話にならない、とばかりに呆《あき》れて目を覆ったファムは、今度は僕に顔を向けて問うた。

「クムラ様の現状と主張を、どうお考えになられているんですか、補佐官」

「んーっとね」

問われた僕は苦笑し、大仰に肩を竦《すく》めてみせた。

「アルコールで脳がイカれた天使に言語は通じない。どれだけ言っても無駄に終わるだけなので、せめて外部の人に迷惑をかけないように僕が尽力しよう。っていうのが僕の結論かな。一応、駄目なこの子のサポートが僕の仕事だからね」

「流石《さすが》私のことを一番わかっている補佐官！　ご褒美に結婚してあげる！」

「はいはい」

僕の隣に移動し抱き着こうとしてきたクムラの頭に手を置き、押し留《とど》める。彼女の求婚には真面目に相手をしてはならない。こんな風に、適当にあしらうのが一番だ。

僕の結論を聞いたファムは、とても残念そうに溜め息を吐く。

「ヴィル様。そこはもっと根気強く……せめて勤務中の飲酒はやめさせる努力をするべきだと思います」

「それはわかってはいるんだけど――」

「これは組織に所属する者ならば当然のことです。ましてや」

一拍置き、ファムはクムラを見て言った。

「彼女は――全司書の頂点に立つ、最高司書官なんですから」

それを聞き、僕は無言で目を伏せた。

知識を何よりも重んずるブリューゲル王国において、図書館を護《まも》り管理する司書という役職は、最も名誉ある職業とされている。大量の宝を詰め込んだ宝箱にも等しい図書館を守護する者として、その人気は王を護る騎士以上のものだ。

誰もが一度は憧れ、夢見る理想の職業。年若い頃から天才と称された者たちが一様に目指し、才能と努力を極限まで磨き上げ、それでも大半の者が夢を摑《つか》むことができずに散っていく。

今現在、図書館の司書を務める者は全て、凄《すさ》まじい倍率と難易度の試験を――試練を乗り越えた猛者中の猛者、天才の中の天才。多くの憧れと羨望を受ける、真のエリートと言えるだろう。

そんな栄誉ある者たちの頂点に立つのが、最高司書官だ。

最も重要な図書館であり、最も危険とされる禁忌図書館の管理を一任される、現役司書の中で最も優れた司書が到達する領域。王から直々に称号と職務、全図書館に対する絶対的な権限が与えられる、正に栄誉と名誉に輝く立場。双肩にかかる重圧は計り知れず、他の司書だけではなく、国民に対しても模範的であることが求められる。

しかし、こと現在の最高司書官に至っては……職務中に飲酒し、惰眠を貪り、補佐官に仕事を丸投げする、けっして相応《ふさわ》しいとは言えない天使だ。正直ファムが小言を言って説教したくなる気持ちも、それはもう痛いほど理解することができる。不相応にも程があると言えるほどだが、どれだけ言ったところで、最高司書官を変えることはできないのだ。

「最高司書官に選定される基準は、現役の司書の中で最も優れた者であることのみ。知識量、技術、思考力……その他に幾つもある項目において、クムラを超える者は存在しない。何せこの飲んだくれ天使様は、世界でも数人しか存在しない、魔法師の頂点に君臨する者なんだからね。超えられる者なんて、いるはずがない」

「罰が無ければ法は意味を成さない、ということですか……」

「そういうこと。変に罰を与えて辞職されたら、禁忌図書館を管理できる力を持った人がいなくなってしまう。たとえ仕事中に飲酒していても、目を瞑《つぶ》るしかない。まぁ、基本的には僕が傍《そば》にいるし、酔って変なことをやらかすこともないから、そこは安心していいよ」

いつものように僕の膝に頭を乗せて横になったクムラの頭を撫《な》でながら、僕はファムに言う。他に迷惑をかけるようなことは僕が許さないから、と。

こちらとしては、彼女の不安を払拭し、安心させるために言ったのだけど……ファムはクムラに目を移し、ギリッと悔しそうに奥歯を噛《か》んだ。

「ぐぬぬ……だからと言って、ヴィル様の身体《からだ》を独占して堪能するなんて、許せない……」

「いや、だから変なことはしてないし、されてもないから」

「しているではありませんか現在進行形で！」

強く言い、ファムはもどかしそうに頭を振り、内で光を乱反射させて輝く紅玉の目を大きく見開いて、勢いよく言葉を連ねた。

「ブリューゲル王国における美少年ランキングで三年連続一位に輝いているヴィル様の膝枕で眠っている時点で、国中の女性から憎悪とナイフを向けられてもおかしくないんですよ！」

「そんな滑稽なランキングは初めて聞いたなぁ」

ファムの告げた初耳のランキングに、僕は思わず人の容姿に順位をつけるな、と思った。生まれ持った外見に優劣をつけるなんて、思考力の足りない馬鹿のすることだ。余計な差別や偏見に繋《つな》がりかねない。あと、なんで僕がランクインしているんだ。応募した覚えはないんだけど。

勝手に名前が使われるのは、あまりいい気分ではない。けれど、そんな僕の内情を知らずに、ファムは言葉に熱を込めながら語った。

「黒曜石を思わせる艶やかな髪に、同色の大きな双眸《そうぼう》。性別の壁を越えてあらゆる者を魅了する中性的で端整な顔立ち。細身に見えて鍛え上げられた肢体。それに加えて、左目から真下に伸びる十字の縫い目、腰から広がる四枚の黒い翼に亀裂の入った赤黒い光輪。類を見ない謎めいた魅力の容姿に、天使も悪魔も堕落させてしまう甘く優しい性格が、多くの女性から絶大な支持を集めたんです！」

「引くわぁ……」

思わず、僕は素の反応を返してしまった。

ファムのこの様子、熱の入りようから推測するに、彼女も僕に一票を投じたみたいだな。いや、確かに以前から視線が熱っぽいというか、何か秘めたものを感じるとは思っていたけど、ここまでとは。恋愛的な好きじゃなくて、信者が教祖を熱心に信望するようなものだろう。

多分、ファムが綺麗《きれい》なのにずっと恋人ができないのは、こういうところだろう。盲目的になりすぎるというか、夢中になると周りが見えなくなる。しっかりしているように見えて、案外クムラにも負けず劣らずの困ったちゃん。彼女の伴侶となる人は、将来苦労すると思う。

というか、また話が脱線しているな。時間も限られているし、話を本筋に戻さないと。

「ファム、雑談はこれくらいにしよう。そろそろ、クムラに頼む依頼について、その詳細を教えてほしい」

王国が世界に誇る叡智《えいち》の結晶たる、最高司書官に頼む依頼とは、一体何なのか。

尋ねると、ファムは表情を引き締め、持参した鞄《かばん》の中から一つの紙束を取り出した。右端に紐《ひも》が通されたそれを渡された僕は反射的に受け取り、一番上の紙、その紙面に綴《つづ》られていた文言を読み上げた。

「ブリューゲル王国に密輸された禁書——『帝録写本』の回収、及び密輸グループの無力化について?」

これが内容? と僕がファムに視線で尋ねると、彼女は頷《うなず》いた。

「はい。ですので、今回の依頼は主に、ヴィル様のお力を貸していただきたく思います」

「……なるほどね」

納得し、僕は再び紙面に視線を落とした。

密輸された禁書を回収すると言っても、ただ行って持ち帰るだけではない。取引の対象である禁書の傍に密輸に関わった者たちがおり、当然のように、万が一に備えて警備をする者がいる。いや、グループ全員が戦闘員である可能性も十分に考えられる。

相手がどれだけの数で、どれだけの戦力を整えているのかわからないのが現状。だから、僕に依頼が回ってきたのは理解ができる。けど、簡単に了承を出すことはできない。まずはこちらの疑問に答えて貰《もら》ってからだな。

紙束を机に置き、僕はファムに問うた。

「幾つか質問がある。まず、今回の件は敵の制圧が主な目的になるわけだけど、どうして考古学研究所が依頼を持ってきている？　こういう荒っぽいことは、君たちの領分じゃないだろう」

「密輸された禁書は元々、うちの研究所が所有者と取引をしていたものなんです。でも、交渉中に強奪されちゃったみたいで」

「なるほどね。じゃあ、騎士団のほうに要請はした？　禁書が絡むとはいえ、国の安全に関係することなら、彼らが対応するはずだけど」

「連絡はしたんですけど、禁書が絡んでいることと、敵の戦力が未知数なので、騎士は貸し出せないと。こちらも食い下がったんですけど、そうしたら騎士団の上層部がヴィル様に頼んでくれと言われたんです。彼なら、片手間に解決してくれるだろうから、と」

「つまり丸投げってことか」

僕は肩を落とした。

どれだけの損害を被るかわからない現場に、自分たちの戦力は貸し出したくない。なら、一人でも問題なく解決してくれるであろう僕に任せたほうがいい、と考えたのだろう。全く、こちらの事情も知らないで好き勝手にやってくれる。僕は最高司書官の補佐官として騎士団のお偉いさんと同等の立場にいるので、今度文句を言いに行くとしよう。

まぁでも、納得することもできる。僕は仮にも最高司書官の補佐官として、彼女を守護している身でもある。制圧できる自信がある。どこぞの馬の骨なんかに、密輸犯がどれだけの戦力を用意していようと、負けはしない。

戦いに関して、僕の意志は特に問題なし。だけど、残念ながらすぐに了承することはできない。僕には、色々と制約があるから。

「だってさ。どうする？　クムラ」

「んー……」

視線を下に向けると、話を聞いていたクムラが寝返りを打ち、あおむけの状態で僕を見上げた。やや小難しい表情を作り、次いで、唇を尖《とが》らせる。

「本音を言っても？」

「どうぞ」

「ヴィルが怪我《けが》しそうなことは許可したくありません」

突っぱねるように、クムラは言った。

彼女は王国全ての司書の頂点に立つ、最高司書官。図書館に関係する全ての者、建物に対して絶対的な権限を持っている。その直属の部下であり護衛に当たる補佐官は、何をするにも最高司書官の許可が必要になるのだ。言ってしまえば、僕自身に依頼を引き受ける気があったとしても、クムラが許可をしなければ受けることができないわけである。

確かに今回の依頼は危険が伴う。戦って負けるつもりはないけれど、万が一がないとは言い切れない。僕に対してあれだけ求愛行動を取っているクムラが、難色を示すのは当然と言える。

それと、僕がクムラを説得することはできない。彼女の気持ちを動かすのは僕ではなく、依頼を持ち込んだファムの役目。僕はただ、無言で二人の交渉を眺めることに努める。

早速、ファムが口火を切った。

「クムラ様。どうか、ヴィル様のお力を借りる許可を頂けませんか？　禁書は様々な能力を持った代物です。一つでもよからぬ組織に流れることになれば、それだけで国が危機に晒《さら》される可能性があります」

「んー、そうねぇ……」

天井を見上げて思案したクムラは、ポツリと、先ほどファムが告げた単語を口にした。

「禁書は、『帝録写本』か……」

「？　気になる禁書だったの？」

「まぁね。最高司書官として──アルレイン帝国の皇帝に関する秘密が書かれている禁書には、心惹《ひ》かれるものがあるよ」

「え？」

声を上げたのは、ファムだった。彼女は呆然《ぼうぜん》とした様子でクムラを見つめ、疑問を口にする。

「『帝録写本』は近年になって発見された禁書で、情報がとても少ないです。禁書にかけられている呪いや能力も解明できていなくて、中に何が書かれているのか全くわからない。なのに、どうして……」

「最高司書官の能力を甘く見ちゃ駄目だよ？　確かに情報自体は少ないけれど、微《かす》かに判明しているものから考察や推察をすることはできる」

上体を起こしたクムラは机の上に置かれていたフォークを手に取りながら、続けた。

「元々、『帝録写本』はアルレイン帝国で千年前に起きたクーデターの際に消失したと言われていた禁書だ。で、その当時は皇帝が謀反を起こした者たちに皇都を追われて、田舎町に逃げていたんだ。最終的には農民に殺されてしまったんだけど、この時、皇都を追われた農民が商人に禁書を売り渡したという記録が見つかったらしい。つまり、皇帝を殺した皇帝が態々《わざわざ》持ち出すような代物だった……それを考えると、皇帝の秘密が書かれているとしか考えられない。詳細は読んでみないとわからないけど――って、どうしたの？」

呑気《のんき》にクムラがケーキを食べる前で、ファムはやや放心状態に陥っていた。口から白い魂が抜け出ているのが見える、気がする。あれが魂なのか、それとも湯気なのか、今の僕には判別することができなかったけれど。魂ではないと願いたい。

ファムの様子に首を傾《かし》げるクムラの横で、僕は同情の気持ちを抱いた。

はっきり言って、クムラは『天才』という言葉の枠組みでは推し量ることのできない存在だ。時代が生んだ異常な才覚の持ち主。他の誰もが到達できない領域に、足どころか、全身を沈めている。他の何者とも比較できない比類なき超人は、常識では理解のできない知識や頭脳、あるいは能力を用いて、天才の心を容易にへし折る。

彼女の辞書に自重という文字はない。さらに言うと、自分との才覚の差を見せつけられて心が傷ついた少女に対する気遣いも、持ち合わせていないのだ。

「必死に情報を集めた私たちでも知らなかったことを、貴女《あなた》はどうして知っているんですか？」

「んー……」

口内のケーキを咀嚼《そしゃく》し、それを飲み込んでから、クムラは意地の悪い笑みを浮かべて返した。

「いつの間にか頭の中に入ってた、としか言えないかなぁ〜？」

それを聞いた途端、ファムはソファから落ちて床に膝から崩れ落ちた。

まぁ、目の敵にしている人が自分よりも遥《はる》かに格上だと理解してしまったら、こんな反応をするのも仕方ない。無論、クムラには悪気がないのはわかっている。だが、流石《さすが》に一言声をかけないと気が済まなかった。

「クムラ、天才の天才たる所以《ゆえん》をここぞとばかりに見せつける……いや、鈍器のように叩《たた》きつけるのはやめよう」

「私は別に傷つけたり心を折るつもりで言っているんじゃないよ？　ただ、本当の、変えることのできない事実を口にしているだけなんだから。私に非を求めないでよ、マイダーリン」

「ダーリン言うな」

全く悪びれることなく妙なことを宣《のたま》ったクムラに言い返すと、彼女は次いで、白魚のように綺麗な手を、僕に向けて伸ばした。そのまま伸ばした手で僕の頬に触れ、不敵な笑みを浮かべる。

「フッフッフ、王国一の頭脳であり、全司書の頂点に君臨する立場なんだから、これくらいはできないとねぇ。それに、他を寄せ付けない圧倒的な天才じゃないと、ヴィルを独占することはできないでしょ？　私は君を手に入れるんだから」

至近距離からジッと僕を見つめ、肉食獣のように唇へ舌を這《は》わせるクムラ。彼女が口にした僕の評価は、事実とはそぐわないほどに高い。

僕には、そこまで言って貰えるような価値はないと思うのだけれど。

自己評価とは違うクムラの評価にむず痒《がゆ》いものを覚えながら、僕は頬に触れる彼女の手をそっと払いのけた。

「異様に高い評価をありがとう。でも、今のところ僕は君のものになるつもりはないよ」

「そう言っていられるのも今の内だよ。いずれは私の素晴らしい魅力に気が付いて、自分から伴侶にしてください！って言いに来るはずだからね。これは王国の叡智である最高司書官様の、絶対に的中する予言だから」

「予言は普通占い師とか賢者がするものだと思うけど」

「細かいことは気にしない、気にしない」

楽観的に笑った後、不意にクムラは妙に真剣な声音で続けた。

「まぁ、今はそうやって否定してなよ。いずれ必ず……私色に染めてあげるから。これは宣戦布告ね？　降参はいつでも大歓迎です」

「戦いなんだ……ちなみに、そっちが降参することは？」

「あり得ません！　降参も降伏も撤退もしない」

「厄介だなぁ」

冗談とも、本気とも取れるクムラの言葉に、僕は笑った。

どこまで本気なのかは全く予想がつかないのだけれど、相手は史上最高とも評される天才司書官様。思うに、冗談である部分なんて、全くないのかもしれない。

彼女が本気で僕を落としに来たら、僕は本当に彼女のものになってしまうのだろうか。

仮に本当にそうなったら、絶対に禁酒させよう――なんてことを考えていると。

「あの、視界からいなくなった私も悪いかもしれませんけど……お二人の世界を創るの、やめてもらってもいいですか？」

心が折れかけた上に、忘れられるという精神的ダメージを負ったファムが涙目で、僕らにそう訴えてきた。

いけない。意図せずして、追い打ちをかけてしまった。

罪悪感に駆られていると、慌てた様子でクムラが咳払《せきばら》いをした。

「ま、まぁとにかく、ヴィルなら簡単に達成できると思うから、依頼を受けることは構わないよ。彼もやる気みたいだし」

「山のような書類仕事をやるよりは、何倍もマシだよ。元々、僕は身体《からだ》を動かすほうが合っているからね」

僕たちの返答に、ソファへ座り直したファムは安堵《あんど》の表情を浮かべた。

「ありがとうございます。取引現場などは、特定次第ご連絡します」

「あぁ、よろしくね」

応じながら、僕は依頼内容が記された紙束をファムに返却する。

かくして、僕たちは密輸された禁書の回収という任務に従事することになったのだが
……これが後に、二つの国の関係を揺るがす出来事の発端になるとは、この時は露ほども思わなかった。

◇

ファムが帰宅してから、一時間後。

「本当に良かったの？　依頼を引き受けて」

使用した食器類を洗い終えた僕は図書館のメインフロアに戻り、ソファに寝転がりながら本を開いているクムラに尋ねた。

正直なところ、僕は断ると思っていた。僕はクムラの補佐官であり、護衛でもあるけれど、彼女自身は僕が怪我をすることを極端に嫌っている。なので、幾ら気になる禁書があるからといっても、反対すると思っていたんだけど……。

僕の問いを受けたクムラは上体を起こし、開いていた本を閉じた。

「君に怪我をしてほしくないのは確かだよ。好きな人が傷つくのを嫌うのは、当然のことだからね」

「じゃあ、何で？」

「単純に、ヴィルには過保護になる必要はないかなって考え直したんだよ。何せ、君はこの国で一番強いわけだし」

瞳に絶対的な信頼を宿し、クムラは口元をニヤニヤと歪《ゆが》める。信頼されるのは好ましいけれど、過大評価は訂正しないと。

「国一番っていうのは、流石に言い過ぎだよ。この国には聖女様がいるし……そもそも、僕の力には大きすぎる制約が付きまとっている」

「でも、私がいれば厄介な制約も解決だ」

「……どのみち、密輪犯如《ごと》きにやられるつもりは毛頭ないよ。力を封じた今のままでも、制圧できる自信はある」

敢《あ》えて意見の衝突を避ける返事をする。と、クムラは持っていた本を机にそっと置き、その表紙を指先で撫《な》でた。

「そこは私も心配していないよ。というよりも、今回の依頼で問題というか、大変になるのは禁書を回収した後だからね」

「回収した後？」

クムラが読み終わって放置していた本を元の位置に戻しつつ、僕は彼女の言葉を復唱した。

普通、大変なのは敵だらけの現場で禁書を回収することのはず。

クムラの言葉の意図を汲《く》み取れない僕に、彼女は説明した。

「わかってないなぁ。今回の『帝録写本』は皇帝の秘密が記されている可能性が高いって言ったでしょ？　もしかしたら、アルレイン帝国にとって都合の悪い事実が記されている可能性がある。となれば、この国に潜伏している工作員が奪いに来るでしょ」

「……そういうことか」

顎に手を当て、納得した。

今、世界の情勢はとても複雑なものになっている。各国が軍国主義を掲げ、資金を集め戦力を増強し、今にも世界大戦が勃発するのではないかとすら言われているほどに、緊張が高まっている。

各国が血眼になって集めているものは武器などの直結的な攻撃力だけではない。その中には――情報も含まれている。

「情報、特に弱みとなる情報を得るために、各国の政府は世界中に工作員を忍ばせている。それはブリューゲル王国も例外じゃない」

「潜伏しているほうも、されているほうもね。現状だと、二百人くらいは国内にいるんじゃないかな？」

「そんなに？」

「これでも少なく見積もったつもりだよ」

本から手を離し、クムラは背凭《せもた》れに体重を預けた。

「まぁ、何にせよ。そういう政治的なことは政府の上層部に丸投げするよ。私たちはやるべきことを果たせばいい。ヴィルは回収、私は解読」

「解読させてもらえるの？」

「交渉次第だけど、多分大丈夫だよ。上は私が癇癪《かんしゃく》を起こすと面倒なことを知っているし、これでも相当な権力者だからね。時には王に意見することもできるほどの」

「……酔った勢いで変な命令とかしないでよ？」

「安心してよ。私はヴィルに嫌われるような命令は、たとえ泥酔していてもしないから」

「結構された記憶あるんだよなぁ」

勿論《もちろん》、全て拒否しているけれど。

とにもかくにも、どんな事態になっても、僕のやることはこれまでと変わらない。最高司書官の補佐官として、この禁忌図書館とクムラを、何としてでも守り抜く。たとえ僕の命が潰《つい》えることになったとしても。大変ではあるけれど、やること自体はシンプルだ。頭を使うことはクムラに全て任せられるので、楽と言えば楽でもあるからね。

「さて、禁書の解読があるかもしれないし、残っている仕事を片付けようかな〜」

「お、珍しいね。クムラが真面目に仕事をやるなんて」

一年に一度あるかどうかというクムラのやる気モードに、僕はつい本音を零《こぼ》す。ただ事実なので、クムラは特に怒ったり反論したりすることもなく、寧《むし》ろ、何故《なぜ》か得意げになった。

「やる気モードのクムラさん、格好いいでしょ？　もっと褒めてなでなでしてキスして式場に行って結婚してくれたら、もっとやる気見せてあげる。というか、全部曝《さら》け出してあげるよ」

「遠慮しとくね」

「つ～れ～な～い～!!」

秒速で僕が拒否すると、クムラは不満そうに文句を言いながら、何故かクッションの下に手を滑り込ませ——数秒後、そこから透明な液体が入った小さな瓶を取り出した。内容物は水にも見えるけれど、恐らく違う。なぜなら、小瓶には酒の名前が書かれたラベルが貼り付けられているから。

この天使、まさか？

呆気《あっけ》に取られた僕の不安は見事に的中したらしく、クムラは瓶の蓋を一瞬で開き、瓶の中に入っていた液体を飲み始めた。

「あの、クムラ……？」

「んー？」

小瓶の中身を飲み続けながら、クムラは頭上に『？』を浮かべて僕に目を向ける。なるほど、一片たりとも自分が何をしているのかを理解していないというわけか。馬鹿と天才は紙一重とは、よく言ったものだな。今の彼女は間違いなく馬鹿のほうだけれど。

理解していないのならば仕方ない。ここは一つ補佐官として、心を鬼にさせていただこう。

「とう――ッ!!」

「あ、ちょっとっ!!?」

クムラが小瓶から口を離した一瞬の隙を突き、僕は彼女の手からそれを強奪。同時に奪った蓋で飲み口を閉め、奪い返されることがないよう服の内側に素早く隠し、クムラから距離を取った。

大好きな酒を奪われたクムラは僕を恨めしそうに睨《にら》み、頬を大きく膨らませた。

「何すんの！」

「何すんの、じゃないよ。クムラの仕事はどれも重要なものばかりなのに、その前にアルコールで脳を破壊しようとするな。ベロベロに酔っ払った状態で、まともに仕事ができるわけがないだろ」

「酒は活力、命の源。寧ろ酒を事前に飲むことによって、作業を効率的に行うことができるのさ。多分」

意味のわからない謎理論を展開したクムラは「だから返しなさい!!」と僕に飛びかかってくる。だが、甘い。甘すぎる。僕は持ち前の身体能力で危なげなく躱《かわ》し、それでも向かってくるクムラに言い聞かせた。

「とにかく、今日はもう駄目！　昨日の夜からずっと飲んでいたんだろ？　度数高い蒸留酒の酒瓶、これで何本目？」

「四本目」

「飲みすぎっていうレベルじゃないよ。というか、たった数時間でよくそれだけの量を飲めるものだね。普通、吐くよ」

一体この子の肝臓はどれだけ働かされているのだろうか。常に休みなしで働かされていて、そろそろ異常な労働であると訴え始めるのではなかろうか。明らかに健康を害するほどに酷使されている。普通に、心配になるくらいに。

もしかしたら、クムラの肝臓は常人のものとは比較にならないほどに優れた分解能力を持っているのかもしれない。ただ、それでも駄目なものは駄目だ。この酒瓶は僕が責任を持って、管理させていただきます。

と、

「ふぅん、いいんだ〜。そんなことしちゃって」

ソファに座り直したクムラは挑発するような口調で言い、そのままの姿勢で不敵な笑みを浮かべ——服の内側から、純白の羅針盤を取り出した。

掌《てのひら》に収まるほどの大きさをしたそれは、表面に細かな装飾が施されている。色彩豊かで小さな宝石の数々が、部屋の光に当てられて輝いていた。

また何を企《たくら》んでいるんだか。

僕が呆《あき》れた視線を送る中、クムラは薔薇《ばら》の紋章が描かれた羅針盤の蓋を、指の腹で撫でた。

「今の私には、魔法という力があるんだよ？　早く私から没収したお酒を返さないと、ヴィルはこれから酷《ひど》い目に遭うよ？　具体的には……乙女の口から言うのは憚《はばか》られるようなことをします！」

「やってもいいけど、暴力に頼るなら補佐官を辞めます」

「ごめんなさい嘘《うそ》ですヴィルに暴力なんて絶対に振るわないので辞めないでずっと一緒にいてくださいお願いします」

一瞬で発言を撤回し、尚且《なおか》つ涙目になってクムラは懇願した。

こう言ってしまってはあれだけれど、実に扱いやすい。惚《ほ》れたほうが負けというのは、言い得て妙だ。多分、ブリューゲル王国内で僕以上にクムラの扱いが上手な者はいないのではなかろうか。絶対的な権力に対抗できる、唯一の存在かもしれない。

本気で泣きそうになっているクムラに『冗談だよ』と告げ、促す。

「ほら、馬鹿なこと言っていないで仕事を始めなよ」

「は～い」

クムラは片手を上げて気の抜ける返事をし、手にしていた羅針盤を軽く握った――瞬間。

「――全知神盤《グリフ》」

クムラの呼び声に応えるように羅針盤の蓋が開き、その下に隠されていた盤面が姿を現

した。黒い指針の先端は赤く、八方位には蒼《あお》く輝く小さな宝石が埋め込まれている。美しく、煌《きら》びやかで、自然に視線が吸い寄せられる魅力と荘厳さが感じられる。

神秘的で芸術的な航海道具の名は──魔導羅針盤。

体内のマナを糧に魔法を生み出し操る魔法師が持つ、最大にして絶対の武器である。

「記録修繕《カラマーゾ》」

目を奪われる魔導羅針盤に視線を固定していると、クムラが魔法の名を宣言。すると、赤い指針は南西の方角を指し示し、その先に埋め込まれていた宝石が発光。

数瞬後──クムラの周囲に、光り輝く無数の文字が出現した。

言語は統一されておらず、世界各国で使われている文字から、僕が見たことのない未知の古代文字まで、様々だ。もしかしたら、世界に存在する全ての文字があるのではないかとすら思えてくる。

日常では決して目にすることのない幻想的な光景に魅入っていると、ソファから仕事机に移動したクムラが、数冊の本を広げて僕に言った。

「ここから先は結構集中する。だから、しばらく一人にしてもらえる?」

既に手元は作業に入っており、表情は真剣そのもの。数分前に度数の高い酒をラッパ飲みしていたとは、とても思えないほどだった。

心配は不要らしい。

胸に抱いていた不安を拭い、僕はその場で軽く頭を下げた。

「了解しましたよ——魔導姫様」

ブリューゲル王国で最も重要であり、貴重な書物が所蔵されている禁忌図書館は、言ってしまえば宝の山だ。一冊売るだけで巨万の富を得ることができる書物が幾百万と保管されており、それらを狙う不届き者たちは後を絶たない。数千年前から知性を持つ種族の習性は変わっていないと言うべきか、組織や個人を問わず、宝があれば手に入れようと躍起になるもの。それがたとえ、自分の命を危険に晒《さら》すものであったとしても。

一冊でも手に入れることができれば人生が一変する夢の代物。豊かな未来を夢想する、夢見る咎人《とがにん》たちは、あらゆる手段を用いて図書館に侵入しようと試みる。地下に掘った穴を繋《つな》げようとしたり、特製の鍵を用いて扉を突破しようとしたり、中には爆弾を用いて強引に道を造ろうとするものまで。

そういった連中は最低でも月に一度、多ければ月に三度は現れる。

そして今宵《こよい》、街の灯が少なくなった頃——欲望に目が眩《くら》んだ大馬鹿者が、禁忌図書館へと集ったのだった。

「あーあ。折角僕が忠告してあげたのに……」

月が天の頂に昇った深夜。禁忌図書館の傍《そば》に立つ石柱の頂上に座り、僕は眼下に目を向けながら呆れの声を零した。

「事前に言っただろう？　僕は政府上層部から、襲撃者には手加減せずに慈悲も与えるなって言われているんだ。こういう結果になるのは、少し考えれば理解できたはずだよ」

足を前後に振りながら言うけれど、僕の言葉に応じる者はいない。否、僕の言葉を聞いている者はいるのだ。眼下の地面には、十数人の男たちが倒れている。数メートル程度しか離れていないので、確実に僕の声は届いているはず。ただ——全員、自分たちが失った身体の部位、その断面を押さえてのた打ち回っているので、応じる余裕がないだけ。

時間が経過するにつれて徐々に面積を拡大していく血溜《ちだ》まりを眺めながら、僕は肩に担いでいた黒い大鎌の刃に付着していた血を振り払った。

「一攫千金《いっかくせんきん》を夢見るのは構わないけど、もっとマシな手段を選びなよ。ハイリターンにはハイリスクがつきものだけど、禁忌図書館の襲撃なんて、初めから失敗することがわかっているようなものだ。何せここは——僕が守護しているんだから」

石柱の頂上から飛び降りる。と、着地したと同時に、倒れていた男の一人が掠《かす》れた声で僕に尋ねた。

「俺、たちは……どうなるんだ」

彼の瞳に宿る感情は、大きな恐怖。恐らく、これから自分たちは拷問などを受けると思っているのだろう。禁忌図書館への襲撃は大罪であり、処刑方法も、より残酷で苦痛を伴うものになる。そう考えているに違いない。

ただ、現実は違う。拷問はしないし、酷い処刑もしない。一々そんなことをするのは手間だし、時間がかかるから。見せしめの意味も込めて、そういう処刑方法が法律に残されているのは事実。けれど、実際は政府も法院も、面倒なので行わない。余程の重罪でない限りは。

まぁ、最終的な結果は変わらないけれど。

男の疑問に、僕はとある文言をそのまま口にして返した。

「叡智《えいち》の結晶である図書館への襲撃は、国家への宣戦布告に等しいものである。よって、罪人を生かして逃がすことは決して許さず、確実な死によって償わせるべし。咎人の死こそ、国家に安寧を齎《もたら》すものである」

言い終えた僕はこのままでは理解できないだろうと考え、簡単に要約した言葉を告げた。

「要するに――皆殺しってわけだね」

絶句した男。絶望の表情を見つめながら、僕は手にしていた大鎌を肩に担いだ。

「残念なことに、今は昔よりも処罰が厳しいんだ。何せ、今の禁忌図書館には禁書だけじゃなく、王国が誇る最高の魔法師――魔導姫がいる。そんな場所を襲撃したんだから、死は当然。あぁ、でも慈悲は与えるから安心すると良い。僕は苦痛に喘《あえ》ぐ者を見て喜ぶ変人じゃないからさ」

血溜まりに足を踏み入れ、液体を踏む音を鳴らし、僕は男の首筋に大鎌の刃を触れさせた。

「苦しまないように――一瞬で殺してあげるから」

「……死神が」

最後に吐き捨てるように男が告げた直後、僕は大鎌を握る手に力を込め——彼の首と胴体を切り離した。元々転がっていたこともあり、微《かす》かな音だけを立てて地面に落ちる首。断面から噴き出した血が、また新たに血溜まりを形成していく。

物言わぬ肉塊と化したそれから、僕はすぐに目を逸《そ》らした。可哀《かわい》そうだと、思わなくはない。道を間違えたとはいえ、彼らも誰かに愛されて生まれた者たち。こんな最期を迎えるのは、彼を愛する者たちにとっても無念だろう。けれど、それは免罪符にはならない。僕にもまた使命があり、護《まも》らなくてはならないものがある。敗者が全てを奪われるのは、どの世界でも同じだ。彼らは僕との戦いに負けたのだから、これは仕方のないことなのである。

大事なのはより冷酷に、残酷に、無情なまでに自分の心を殺すこと。自分の心を殺すことができない者に、他者を殺すことなどできやしない。

さぁ、残りの仕事を果たそう。死神としての、役目を。

大鎌を握る手に再度力を込め、僕は他の者たちのほうへと歩み寄った。

襲撃者たちへの断罪を二分程度で終わらせた僕はその後、要請した回収班の到着を待ち、図書館へと戻った。

回収班は隠滅部隊とも呼ばれる、王国政府直属の秘密機関の一つだ。騎士団を介することのできない死体——政府による暗殺死体など——の秘密裏での回収と書庫の隠滅を専門としており、その存在は政府関係者でも一部の者しか知らない。

図書館への襲撃者を即座に殺すことは一般には知られていない。襲撃は悪いことだけれど、即座に殺すのはよくない、という意見が挙がるのは目に見えているから。このことが公になれば、王国政府に対して多くの批判の矛先が向けられることだろう。事が大きくなれば、国際問題になる可能性も捨てきれない。

しかし、当事者である僕自身は、この制度に反対はない。禁忌図書館で幾つもの禁書を見てきたからこそ、わかるのだ。あれらは一冊でも外部に流出し、悪用されることになれば……簡単に幾千万もの命を奪う結果を齎すことになる。何の罪もない者たちが、無条件に死を与えられることになるのだ。それを考えれば、その原因を作ろうとしている悪い奴《やつ》らを粛清することに異論は出ない。甘さを捨てた判断を政府がしているからこそ、今日のブリューゲル王国は、世界は、平穏を享受できていると言える。

従って、最も襲撃の多い禁忌図書館を護る僕は回収班によくお世話になっている。彼らはとても優秀だ。僕がどれだけ現場を汚そうと、血塗《ちまみ》れにしようと、三十分とかからずに綺麗《きれい》にしてくれるのだから。

まぁ、本来は図書館の守護も司書であるクムラの仕事なのだけれど……飲兵衛《のんべえ》の彼女にそんなことができるわけがない。あまりにも戦闘に不向きな彼女がその役目まで担おうものなら、大量の禁書が奪われることになるだろう。なので、こればかりは適材適所。戦闘能力に優れた、僕が担うべきだ。最近では彼女の領分のはずの書類仕事まで僕がやっていることについては、大変不服と言わざるを得ないけれど。

血や汚れを落とすためにシャワーを浴び、着替えを済ませてから、僕は図書館のメインフロアへ向かった。と、扉を開けると同時に、少し疲れを滲《にじ》ませながらも元気さが感じられる声がかけられた。

「おー、遅かったねヴィル」

声の主であるクムラはソファに寝転がり、そのままの姿勢で片手を振った。あの様子だと、仕事はある程度片付いたのだろう。キリが良いところまで終わり、尚且つ集中力が途切れたから休憩、もしくは中断しているといったところか。

僕も片手を上げて応じつつ、彼女のほうへと歩み寄り、手に持っていた紙袋を手渡した。

「上の階で書類仕事をしていたんだけど、予想以上に多くてさ。時間がかかったんだよね。はいこれ軽食」

「ありがと。そんなに多かったの？」

「大半は本来クムラがやらなくちゃいけない分だよ」

皮肉っぽく言うが、クムラはそんなこと聞こえていないかのように紙袋の中に入っていたサンドイッチを取り出し、齧《かじ》りつく。都合の悪いことは聞こえないってか……？　随分と都合のいい耳をお持ちのようで。

書類仕事をしていたのは本当だ。クムラが集中して仕事ができるようにここを出た後しばらくは、上の階で溜《た》まっていた必要書類を片付けており、時間がかかったのも嘘ではない。

　ただ、襲撃があったことと、その犯人たちを鏖殺《おうさつ》したことは伝えない。流石《さすが》に『襲撃者たちを殺してきたよ』という報告はしたくないのだ。僕はそこまで図太い精神は持ち合わせていないから。

　まぁ、聡《さと》いクムラはもしかしたら気が付いているかもしれないけれど。その話題が出てくる前に、僕は彼女の仕事について尋ねた。

「仕事は順調に進んだの？」

「ふん。ほへはひひ」

「ごめん、飲み込んでからにしようか」

　咀嚼《そしゃく》している最中に聞いてしまったことを申し訳なく思いつつ言うと、クムラは口内のサンドイッチを喉に通してから言い直した。

「それなりに進んだよ。解読依頼が来ていた古文書の解読は二冊終わったし、及第点といったところじゃないかな」

「二冊？　相変わらず常識外れな天使だね……」

　クムラが告げた仕事の進捗に、僕は呆《あき》れと感心の混じった声を零《こぼ》した。

　最高司書官であるクムラの下に持ち込まれる古文書は大抵、専門家と呼ばれる者たちが匙《さじ》を投げたような問題児であることが多い。未知の古代言語だったり、不可思議な文法が用いられていたり、内容が暗号化されていたりと、それはもう難解極まりない厄介ものたちだ。

そういう未解読の古文書は完全解読に至るまで最低でも一年はかかるものだ。世界に名を轟《とどろ》かせる天才と言われる者たちですらも、優に三ヵ月はかかることだろう。

それを、数時間。しかも二冊の解読を終わらせるなんて、常識の物差しで測れる度合いを遥《はる》かに超えている。

流石は最高司書官。これに比肩する者なんて、存在するわけがない。

二つ目のサンドイッチを食べ始めたクムラを見ながら、僕はソファの背凭《せもた》れに腰を預けた。

「普段からそれくらい仕事をしてくれたら、僕としてはありがたいんだけど。自分の仕事を僕に押し付けすぎだよ」

「やる気のスイッチって中々入れられないものだからさー。難しいよね。やらなくちゃいけないのはわかっているんだけど」

「君の場合は常に酒を飲んでいるからだと思うよ。酔った状態で集中できるわけがない。ちなみに今も、まだ少し酔ってるだろ？」

「普段よりは覚めてるけど、気分はまだまだいい感じ。仕事も捗《はかど》ったし」

ケラケラと笑うクムラへ半分に細めた目を向け、そのままジッと見つめる。脳裏を過《よぎ》るのは、先ほど図書館を襲撃した者たちの姿だ。もしも、あの襲撃が僕のいない時に発生し、中にいるクムラの下に襲撃者が現れたら……戦いに向かない彼女はきっと、すぐに殺されてしまうだろう。血溜まりの中で息絶えるクムラを想像すると……胸に痛みが走る。気分が鉛のように、重くなってしまう。

もしもそれが現実になったとしたら、僕は――と。

「あのー……ヴィル？」

「ん？」

不意にクムラの呼び声が鼓膜を揺らし、そこで僕は我に返って彼女に目を向ける。サンドイッチを食べ終えたクムラは水の入ったグラスを持っていたのだけれど、その反対の手をチラチラと見つつ、続けた。

「な～んで突然手を握ったのかな？」

「あ、やべ」

言われて初めて気が付いた。知らない内に、僕はクムラの片手を握ってしまっていた。まるで恋人がするように指を絡め、微かに力を込めている。

完全に無意識の行動であり、それを認識した僕は慌てて手を離した。

「ご、ごめん。無意識だった」

謝ると、クムラは小さな溜め息と共に背凭れに顎を乗せた。半分に細められた目に宿るのは、不満。

「そういうところだろうなぁ～。無意識の内に女の子の心を落とす行動を取ってしまうから、天性の乙女キラーって呼ばれるんだよ。乙女心を弄びすぎ」

「そんな名前初めて聞いたんだけど……どこで言われてるの？」

「至る所で」

「うわぁ、聞きたくなかった」

頭痛を堪《こら》えるように、僕はこめかみに手を当てた。

変な異名をつけられるのはあまり嬉《うれ》しいことではない。一体誰がそんな不名誉な名前をつけたのか気になったけれど、深堀りすると今以上のダメージを負いそうなので気にしないようにしよう。僕が街中で直接そういうことを言われるようであれば、話は別だけど……今のところ、そういうこともないから。

知りたくなかった事実に肩を落としながらも、僕は気にせず前を向こうと気持ちを切り替えた。

「僕自身は乙女心を弄んでると思ってないし、そんなつもりもない」

「つもりがなくて思わせぶりなことをするほうがたち悪いよ？　私だって準備と覚悟できちゃってるんだから」

「何のだよ」

「それは勿論《もちろん》、ヴィルとの情熱的なセ――」

と、その瞬間。

「「――ッ!!」」

図書館全体が震撼《しんかん》するほどの、大きな揺れが発生した。

本棚に収納されていた本が数冊、揺れの衝撃によって床に落下する。補強されている本棚が倒れることはなかったけれど……この揺れは一体？　ブリューゲル王国は島そのものが空に浮かんでいるので、地震が起きるはずがない。

原因がわからず首を傾《かし》げていると、クムラが「あ」と声を漏らした。

まさか……。

クムラの声を聞いた瞬間に思い浮かんだ可能性に、僕は目を細めて彼女を見た。

「もしかして、やらかした？」

「……」

数秒の間無言を貫いたクムラはやがて、アハハ、と乾いた笑い声を上げた。

「いや～……封印が甘かったかも」

「言うことはそれだけ？　他にも何か、言うことがあるんじゃない？」

「うぐぅ……」

僕が顔を近づけて圧力をかけると、彼女は視線を右往左往に泳がせ……両手を上げ、申し訳なさそうな表情で頭を下げた。

「……ミスったので、私と一緒に後始末をお願いします。ヴィル様」

「はぁ……」

何度目かもわからない溜め息を吐《つ》き、僕は腰に手を当てた。

最近は無かったから、もう大丈夫だと思っていた僕が馬鹿だったらしい。クムラの様子を見て、あとは帰るだけだと思っていたのだが……仕事というのは、いつも予期せぬところで追加業務が発生するもの、か。クムラの補佐官になってから、その意味が身に染みて理解できた。まぁ、僕の場合は予期せぬというわけではなく、全てクムラの怠慢が招くことなのだけど。

仕方ない。これも、補佐官の仕事の内か。

心の中で無理矢理割り切り――僕は、ソファの上で正座をするクムラに言った。

「ミスしたというのに、凄《すご》く嬉しそうだね、クムラ」

反省など微塵《みじん》も見られないほど、今のクムラは瞳を輝かせていた。まるでこれから、心躍る楽しみなことでも待っているかのような、そんな感じ。とても重大なミスをした者がする表情には見えない。

その理由については大方見当がついているけど……僕の指摘を受けたクムラは、そのままの表情で僕と目を合わせた。

「楽しみではあるし、凄くドキドキもしてるよ。だって、ヴィルが魔法を使うためには……あれが必要なわけだし」

「……まだ使うとは決まっていない」

「絶対に使うことになるよ。それは君もわかってるはず」

「……行くよ」

言及は避けた僕は踵《きびす》を返し、入り口扉付近に置いてあった黒い大鎌を手に取ってから、メインフロアを後にした。

禁忌図書館には通常のメインフロア以外に、一般人だけではなく大半の司書にも存在を秘匿されている秘密の部屋が存在している。

図書館の最奥に位置するその部屋の名前は――禁忌の間。入室するためには部屋へ繋《つな》がる通路に設置された七つの扉を解錠する必要があり、その仕組みが、この部屋が如何《いか》に厳重に管理されているのかを物語っている。

解錠権を持っている僕はクムラを連れ、それぞれの扉に対応する七つの鍵を用いて通路を進み、最後の扉を開けて禁忌の間へと入った。

とても図書館の部屋とは呼べない内装。床も、天井も、壁も、全てが青一色。家具や調度品は一切なく、部屋の中央に青い本棚が置かれているだけ。その本棚には、本の類が一冊も収納されておらず、ただのオブジェと化していた。

殺風景とも、簡素とも表現することのできない、不思議な空間。部屋の入り口で立ち止まり室内を眺めていると、隣にいたクムラが一歩前に出て、僕の手を引いた。

「さ、行こ。手遅れになる前に、対処しなくちゃいけないからね」

「やらかした本人がよく言いますね」

「あーあー何も聞こえなーい」

両耳を塞いで言ったクムラは、上機嫌そうな足取りで本棚へと近づいていく。僕としてはもう少し反省の色を見せてほしいのだけど、期待するだけ無駄なのかな。酔っ払いを自分と同じ生物と認識してはいけないって、何処《どこ》かの国の王様も言っていたらしい。それは非常に適格というか、実に的を射た考えだと思った。クムラに反省を求めてはいけない。これは彼女と関わる全ての者が心得ておくべきことだ。

「通せ」

本棚に近付いたクムラが、やや低い声音で命じる。途端、静止していた青いそれは一瞬震え、白い光を放ち――次の瞬間、青銅の巨大な鉄扉へと変化した。硬質な質感と金属光沢を放つそれは、僕たちの背丈を優に超える大きさ。

突然出現したそれに驚くこともなく、僕とクムラはそれぞれ左右の扉の取っ手を摑《つか》み、力を込めて引く。そして、ギギギ、と金属の擦れる音を響かせながら開いた扉の奥に続く空間へと、躊躇《ためら》うことなく足を踏み入れた。

鉄扉の先に広がっていたのは、何処までも続く本棚が並ぶ、広大な図書館。森に生える木のように無数に並ぶ本棚の一つ一つが僕たちの背丈の数倍の高さがあり、その中には、隙間もないほどに本が詰められていた。その中には鎖を巻き付けられているものや、怪しげな瘴気《しょうき》を纏《まと》うものまで混在しており、漂う空気は通常の図書館とはまるで違う。空間にいるだけで肌が粟立ち、緊張が走る。

ここは、禁忌図書館の中で最も危険であり、最も貴重な書物の数々が眠る場所だ。禁忌図書館を管理する最高司書官のみがここへ続く扉を開くことができる、絶対不可侵領域。

名は——禁断書庫。

世界を揺るがすほどの価値を秘めた禁書が幾千万と保管されている、禁忌図書館で最も重要な部屋である。異空間に形成されているこの書庫は、現実空間で如何なる天災が起きようとも、一切影響を受けることがない。

「見るからに面倒臭そうだね……」

書庫の入り口に立っていた僕は、離れた場所に見える物体に、そんな感想を零《こぼ》した。

言葉を発することも、物音を立てることもなく、ただジッと直立したまま僕を見据えるそれは、霧の巨人。全身を黒い靄《もや》で形成しており、口と見られる部分から邪悪な瘴気を大量に放出している。気体で身体《からだ》を構成しているため実体はなく、触れることはできないだろう。

脳内で推察を続けながら、僕は巨人の胸部——心臓の位置で光る、一冊の本に目を向けた。まるで自分がこの巨人の急所であると言わんばかりに紫色の光を放っており、微《かす》かに可視化したマナが巨人に注がれているのが見えた。

あれが急所であるならば、あの本を斬れば巨人は消滅するかな。そう、頭の中で敵を倒すイメージを構築していると——クムラが僕の両頰に手を添えた。

「さ、ヴィル……しよっか♪」

「ちょ、ちょっと待ってよクムラ！」

顔を近づけてきたクムラの肩に手を置き、僕は彼女を至近距離から見つめた。とってもないほどに、それはもう尋常ではないほどに、クムラの瞳はかつてないほどにキラキラしている。夜空をそこに投影したのではないかと疑ってしまうほどに、瞳の中で光が瞬いていた。

宿る感情は大きな楽しみと期待、そして興奮。抑えきれない感情が滲《にじ》み出て、彼女の瞳に星を生み出しているのだ。

このまま勢いに流されるわけにはいかない。

身体をぐいぐいと押し当ててくるクムラを制止しつつ、僕は彼女に言い聞かせた。

「その決断を下すのは早計だよ。まずは今のまま行って、相手の力を測ることを最優先に考えて――」

「そんなことして大怪我《おおけが》したらどうするの？　最初から万全にしたほうがいいに決まってるじゃん」

「そ、それはその通りなんだけど……」

「それに――」

僕の頬から片手を離したクムラはその手で、僕が首から下げていた黒い羅針盤に触れた。

それは、航海の際に用いる道具ではなく――クムラのものと同じ、魔法師が持つ最大にして唯一の武器。魔導羅針盤である。

髑髏《どくろ》と大鎌の紋章があしらわれた蓋に触れ、クムラは不敵に微笑《ほほえ》む。

「きっとこの子も、使ってほしいと思っているはずだよ」

「いや、それはわからな――」

その時――巨人が大きな一歩をこちらに踏み出した。直後に放たれた、猛烈な殺気。意思を持っているのかは不明だけど、大方、眼前に現れた僕たちを排除しようと動き出したのだろう。どんな攻撃が使えるのかはわからないけれど、あれは禁断書庫に放置しておくべきではないし、外に出してもいけない存在だ。

相手の力が未知数の場合は、こちらは常に全力で挑むべし。これは僕も嫌々行っている場合ではない。覚悟を決めなくてはならない。

やるしかないか。と、心の迷いを振り払い、クムラのほうへと顔を向けた――瞬間。

「いただきま～す♪」

そんな声と同時に――クムラに唇を塞がれた。少しの隙間もないほどに合わせられた唇。伝わってくるのは、触れ合う唇の柔らかさや温度、互いの口内で混じり合う唾液の味、舌の感触など、普段は知ることのできない様々な情報。離れようと試みるも、僕の首に腕を回したクムラは逃がさないとでも言わんばかりに、力いっぱい抱きしめてくる。

濁流のように押し寄せる情報に、僕は脳に火花が散ったような感覚を抱き――ドクン。

心臓が大きく脈動し、次いで、全能感を覚えた。根拠はない。だけど今の僕ならばどんなことでもできる、どんな強敵だろうと打ち倒すことができる。そんな自信が胸の内から湧き上がってきた。

時間にして、およそ十五秒。互いの唇を繋ぐ銀の糸を撓《たわ》ませながらキスを終えた僕は、頬が赤くなっていることを自覚しつつもそれを隠すことなく、クムラに抗議の声を上げた。

「長時間やる必要はないし……舌を入れる、必要もないって、言ってるよね？」

「不可抗力だよ、ヴィル。君とキスをして、私が自分の欲望を抑えられるわけがないんだからさ……ご馳走様《ちそうさま》」

満足そうに言ったクムラは、唇に付着した僕の唾液を舐《な》めとるように舌を這《は》わせた。妙に淫靡《いんび》で妖艶な雰囲気を纏うクムラに、僕は頬が熱を帯びるのを感じながら、彼女の瞳を見つめる。

先ほどまでは存在しなかった——黄金の六芒星《ろくぼうせい》が映る双眸《そうぼう》を。

その図形は恐らく、僕の両目にも浮かび上がっている。彼女の瞳に六芒星が生まれる時、僕もまた、瞳に同じものを宿すと決まっているから。

「全知神盤《グリフ》——看破霊視《ロフトレグ》」

鼓膜を揺らした声にクムラのほうを見ると、彼女は自らの魔導羅針盤——全知神盤《グリフ》を片手に霧の巨人を凝視していた。彼女の傍《そば》には黄金色に光る未知の文字が浮かんでいる。それは時計の秒針のように、ゆっくりと時計回りに回転していた。

「弱点は首だね」

宙で光る文字を消滅させ、クムラは僕に告げた。

「禁書への攻撃は意味がない。マナが最も蓄積されていて、尚且《なおか》つ脆《もろ》い首を破壊すれば、あの霧の巨人は消滅するよ」

「首、ね」

眼球にマナを集中させ、クムラの告げた巨人の弱点部分を見る。すると確かに、巨人の首に膨大なマナが集中しているのが見えた。きっと僕の鎌であの部分を両断すれば、凄《すさ》まじい量のマナを放出しながら巨人は息絶えることだろう。そんな未来の光景が、容易に想像できる。

トントン、と大鎌の柄で肩を叩《たた》きつつ、僕は乾いた唇に舌を這わせて湿らせながら、巨人が放出する瘴気を見つめた。

わかっていることだが、気体で構成されている巨人は実体を持たない。通常の武具ではどれだけ刻み、殴打し、突き刺したとしてもあの巨人にダメージを与えることはできないだろう。全ての攻撃は意味を成さず、一方的にやられて終わる。実体を持たない相手を殺すことなどできるはずがない。

けど、僕にその常識は通用しない。

なぜなら僕は、実体の有無や相手の特性など関係なく殺すことができる——死神だから。

「……行こうか」

呟《つぶや》き、僕は胸元の黒い羅針盤の蓋を開いた。現れた盤面は黒と蒼《あお》で満たされており、指針は白。八方位には透明な宝石が埋め込まれ、内で光を乱反射させて輝いている。

久しぶりに見る盤面を見つめていた僕は小さく息を吐いて雑念を振り払い——、

「死王霊盤《ベマーラ》——万物与死《エーレラウ》」

手にした羅針盤の名と、発動する魔法を告げた。

途端、盤面の指針は東の方角を指し示し、次いで、僕の手にあった大鎌が黒から白へと変化。同色の淡い光を放つ刃に、どんなものであろうと切断できると思わせる鋭利さを感じ、同時に、これであの怪物を倒すことができるという自信が漲《みなぎ》った。——巨人が駆け出した。白い大鎌に身の危険を感じたのか、はたまた戦闘欲が刺激されたのか、巨人は遅いながらも真《ま》っ直《す》ぐにこちらに向かって突き進む。

しかし、迫り来る巨人を見ても、僕の心は乱れない。既にあれは、僕の命を危険に晒《さら》す脅威ではなく……狩人《かりゅうど》に狩られるだけの獲物に等しいから。

床を蹴り、巨人との距離を詰めるために駆け出した僕は腕の力を抜き、白い大鎌を無造作に構え——間合いに入った瞬間に跳躍し、すれ違いざま、真横に一閃《いっせん》。刃が通過した巨人の首に一筋の線が刻まれた直後、頭部と胴体が切り離され、その巨体が慣性に従い前のめりに倒れ伏した。断面からは間欠泉のように黒いマナが噴き出し、それが放出されていくに従って、霧の身体は徐々に体積を減少させていく。

万物与死《エーレラウ》は、命の有無に拘《かか》わらず、あらゆるものに死を与える。死神と呼ばれた僕には、これ以上ないほど相応《ふさわ》しい魔法だ。

大鎌を肩に担いだ僕は徐々に小さくなっていく巨人の残骸に近づき、床に転がっていた禁書を拾った。先ほどの禍々《まがまが》しい光は消滅しており、クムラが施したと思われる封印の鎖

によって中を見ることができなくなっていた。巨人の召喚で力を使い果たしたようだし、これで当分は暴れることもないだろう。

「お疲れ様、ヴィル」

労《ねぎら》いの言葉と共に僕のほうへと近寄ってきたクムラ。晴れやかな表情をしている彼女に、僕は小言と共に禁書を投げ渡した。

「ミスをする度に言っていることだけど、今後はこういうことがないようにしてよ。特に禁書の封印をする時は前日から酒を飲まないこと」

「可能な限り善処します」

「毎度同じことを……」

変わらない返答に肩を落とす。直った試しは勿論《もちろん》ないし、僕も直るとは思っていない。そろそろ反省という言葉を覚えたほうが良い気がするな、この天使様は。

「でも、本当にいいの？」

「？　何がさ」

意味深なことを言ったクムラに問い返すと、彼女はやや熱っぽい視線で僕を見つめつつ、人差し指を自分の唇に当てた。

「私とキスをする機会が減っちゃうけど？」

「……」

思わず、僕はクムラから顔を逸《そ》らした。

自分の意思とは裏腹に、脳裏には数分前の体験――クムラと交わした濃密なキスの記憶が蘇《よみがえ》る。そこで得た唇の感触や唾液の味などの様々な情報に、僕の頰は熱を帯びた。

鏡を見なくとも赤くなっていることがわかる顔を腕で隠しつつ、ニヤニヤと意地の悪い笑みを顔に張り付けるクムラに言う。

「つくづく思うよ。なんで僕は君と――魔導姫様とキスをしないと魔法が使えないんだろうって。神様は絶対に僕を虐《いじ》めて楽しんでいるよ」

「寧《むし》ろ、神様に愛されているんだと思うけど？　合法的にこんな美少女と甘くとろけるキスができるんだからさ」

「僕は別にそんなこと望んでいないんだよ！」

乱暴にクムラの頭を撫《な》で回すと、彼女は嫌がる素振りも見せずにそれを受け入れ、その後満足そうに禁書を手に付近の本棚に近付いていく。再び、あの禁書に封印を施すのだろう。今度は暴れ出すことがないよう、更に厳重に。

本当は、魔導姫とのキスがないと力が発揮できない僕を受け入れて嫌がることもなくキスをしてくれるクムラに、感謝しなくちゃいけないんだけど……日頃の苦労を考えると、感謝する気がなくなるんだよなぁ……。

光の文字を宙に出現させたクムラにそんなことを思いながら、僕は禁書への封印を施す彼女を眺め続けた。

第二章 ✦ 危険な禁書を解読するために、死神は天使とハグをし続けなければならない

依頼を引き受けた三日後、王都郊外に広がる旧市街跡地。

「遂《つい》に、私は見つけたよ」

住人のいない白い石造りの廃墟《はいきょ》にて。その屋上に転がっていた巨石の上に腰を落ち着け、眼前で揺らめく焚火《たきび》の炎を見つめていた僕の鼓膜を、幼い少女の高く可愛《かわい》らしい声が震わせた。

「遥《はる》か昔、原初の時代。神が人の子のために創造した理想の楽園は……こんなところにあったらしい。禁断の果実を口にし、原初の罪を犯し、人の子らが追放されたあとは行方知れずとなったと伝えられていたが……灯台下暗しとはよく言ったものかな？」

幼い声に似つかわしくない小難しい言葉を連ねるのは、とても可愛らしい少女——いや、幼女である。輝く金糸の長髪に、眠たげに半分閉じられた紫水晶の目《め》。背中には一対の赤い竜の翼。染み一つない乳白色の肌は抜群の手触りで、まるで神が愛でるために創造されたのではないかとすら思えてくる。

そんな美しい幼女は今、僕の膝上に座り、こてん、と軽い体重を僕へと預けている。姿勢を少し変えたことで、明らかにサイズの合っていない白衣の胸につけられた「エミィ」と名前の書かれた名札が目に映った。

見栄《みえ》を張って、無理に白衣を着なくてもいいのに。

大人に憧れる年頃なのかな、なんて思いながら、僕は膝上の彼女の頭に手を置き、優しく撫でながら、尋ねた。

「何を言っているのかはよくわからないけど、とりあえず寝心地は最高って解釈でいい？」

「オーイエス。君は天才だ、ヴィル君」

幼女――エミィは僕を見上げ、ぐっと親指を立ててみせた。

流石《さすが》に、僕の身体《からだ》と神が創造した楽園を同列に語るのは神に失礼だと思うけど……エミィにとっては、それくらい寝心地がいいということだろう。実際に楽園に行ったことはないので、あくまでも例え話だ。

このままエミィを気持ちよく寝かせてあげたい気持ちは大きい。けれど、悲しいかな。今の僕は、彼女を眠りに誘うわけにはいかない立場にある。

僕は腕に装着していた時計を見やり、彼女の耳元で囁《ささや》いた。

「本当なら、このままずっと楽園で永遠の幸福を享受していてもらいたいところなんだけど……残念ながら、それを叶《かな》えることはできないみたいだ」

「！　それは、どうして――」

戦慄に顔を強張《こわば》らせたエミィは空に浮かぶ星を摑《つか》むように手を伸ばし、僕はその手を優しく包み込んで、告げた。

「人の子がそうであったように、楽園は永遠には続かない。終焉《しゅうえん》は常に近づき続け、やがて終わりの鐘を鳴らす。今この瞬間、エミィを至福に包み込む楽園も、直に終わりを迎える」

「そんな――……」

「でも、安心してほしい」

エミィの目尻に浮かんだ悲しみの涙を指先で優しく拭い、落ち込んだ彼女を慰めるために、その柔らかな頬に触れる。同時に、希望を伝える。

「君が望む楽園は、神が人の子らから取り上げた理想郷ではない。僕がこの世界にいる限り、何度でも楽園の復活は可能だ」

「ヴィル君……」

「エミィ。人生の荒波に揉《も》まれ、君の心が摩耗し、心根から折れそうになった時は、僕の下を訪れるといい。曇った心に一筋の光明が差し込むまで、楽園を創り上げてあげるから」

迷える信者に道を示す神父のような微笑《ほほえ》みを浮かべる。すると、エミィは内で光を揺らめかせていた目を僅かに見開き、柔和な笑みを浮かべた――時。

「そろそろ、ツッコミを入れてもよろしいでしょうか?」

近くの折り畳み椅子に座っていたファムが、見るからに苛《いら》立《だ》ちを募らせた様子で言った。

トントンと規則的なリズムを刻みながら、指先を膝に叩きつけている。

少しばかり、遊びすぎただろうか。

不機嫌そうなファムに謝ろうと口を開くが、声帯を震わせる直前、エミィが心底面倒臭そうな目でファムを見た。

「なるほど。私の楽園を破壊する堕落の果実は君だったのかファム。幾ら私が美少年の胸で眠っているからと言って、私が楽園に身を浸す時間を妨げていいわけではないのだぞ？　君が嫉妬深いことは知っているが、その醜い嫉妬心を私にぶつけるくらいなら、自室に戻り自慰でもしてくればいい」

「十歳の子供がなんて言葉を使ってるのよ！　それに私は嫉妬してるんじゃなくて、早く仕事の話がしたくて声をかけたの！」

「ストレスが溜《た》まっているのなら軽く走ってきたらどうだい？」

「誰のせいで苛立っていると思ってるのよ、この年齢不相応幼女！」

叫んだファムは肩を揺らし荒い呼吸を繰り返す。どうやら、ファムは日頃から色々と苦労しているらしいね。今回は僕も責任の一端を背負っているので、少し反省。あまり、ファムを疲れさせることは控えたほうが良さそうだ。

「全く……」

呼吸を整えたファムは次いで、近くの椅子に座っていたクムラに視線を移した。

「クムラ様からも、少し注意してください。貴女《あなた》の相棒である補佐官の仕事を妨害しているわけなんですから――クムラ様？」

「……」

ファムに声をかけられても、クムラは口を開かなかった。要請の声には一切反応を示さず、時折片手に持つ琥珀色《こはくいろ》の液体が入った小瓶を口元で傾けながら、ジッと僕とエミィを見つめていた。表情からは、何の感情も読み取れない。

何か、考え事でもしているのだろうか？　目を開けながら失神している可能性も視野に入れ、僕は彼女に向かって手を振ってみる。と、その直後、クムラは突然うっとりした様子で頬に手を当て、聞いているこちらの気まで抜ける声で言った。

「やっぱり、子供に甘いヴィルも最高だね。普段私には見せない表情を見せてくれる。これなら将来の子育ての心配もなさそうだ」

「また変なことを考えて……」

「変じゃないさ。私はいつだって君のことを考えて生きているんだよ、ヴィル君」

こちらに向かってウィンクをしてみせたクムラに、僕は思わず苦笑してしまった。てっきり、エミィを膝に座らせていることを怒られると思ったのだけれど、予想は外れたらしい。

今初めて、クムラにとって小さな子供は嫉妬の対象に入らないということを知った。案外、僕が思っていたよりも大人げがあったらしい。

なんにせよ、妙な口論にならなくてよかった。エミィの頭を撫でながら安堵《あんど》の息を吐くと、そんな僕とは対照的に、ファムは落胆した様子で僕に言った。

「クムラ様が寛容なのは少し残念ですが……ヴィル様も、あまりうちの幼女を甘やかさないでください。一度味を占めると、次からは更にエスカレートした要求をしてくるようになりますので」

「いやぁ、子供はついつい甘やかしてあげたくなっちゃうんだよね」

「気持ちは理解できますけど、エミィは例外です。幼いのは見た目と年齢だけで、中に入っている人格は明らかに二十歳を超えていますから」

ジロ、とファムは欠伸《あくび》を噛《か》み殺すエミィを睨《にら》む。

確かに、普通の十歳児は先ほどのような小難しいことは言わないな。というか、そもそも十歳で考古学研究所の一員であること自体、普通じゃないけれど。彼女も俗にいう天才、特別明晰《めいせき》な頭脳の持ち主なのだ。

そんな話題の渦中にいる天才幼女は、自分についての話など興味がないとでも言うかのように大きな欠伸をし、

「嫉妬心は利用されやすいから気をつけなよ」

そんな意味深な言葉を告げた。天才であるエミィならば、自分に苦言を呈するファムに言い返すために、そんな言葉を用いるのは変ではないのかもしれない。だが、間近で聞いていた僕には何故《なぜ》か、その言葉に別の意図があるのではないかと思えてしまった。

今のは、どういう意味？　そう尋ねようと、膝上のエミィに視線を向け――気が付いた。

僅かに捲《めく》れた白衣の袖。その下に隠れていた細い腕に、白い包帯が巻かれていることに。

「エミィ。腕に包帯を巻いているけど、怪我《けが》でもしたの？」

「ん？　あー、これかい？」

気になって尋ねると、エミィは『問題ないよ』と言いながら、包帯が巻かれている腕を眼前に掲げて見せた。

「小さい頃に、大きな傷をつけてしまってね。完治はしているんだけど、傷跡が生々しいから、こうして隠しているんだよ。ほら、乙女の肌に傷が残っていたら、変な目で見る男は多いだろう？」

「あぁ、確かにね。僕は傷があるからと言って変な目で見たりしないけど」

「優しい心を持つ君なら、そうだろうね。ただ、この傷は私もあまり見たくないものだから、あまり気にしないでもらえると嬉《うれ》しい」

「わかったよ」

誰にだって、見られたくないものの一つや二つは持っているものだ。それが身体の傷であるのならば、尚更《なおさら》だ。

これ以上の詮索はしないようにしよう。そう決め、僕は今日の本題に入るためにファムへと顔を向け――首を傾《かし》げた。

「ファム？　どうかしたの？」

「っ！」

何故か俯《うつむ》き顔を顰《しか》めていたファムに声をかけると、彼女は一拍遅れて気が付き、頭を左右に振った。

「す、すみません。ちょっと、ボーッとしちゃって」

「大丈夫？　体調でも悪い？」

「お気遣いありがとうございます。問題ありませんので、ご心配なさらず」

ファムは無理矢理作った笑顔を僕に向け、そう告げる。と、その様子を見ていたクムラが小瓶の飲み口から唇を離し、意地の悪い笑みを浮かべながら言った。

「調子が悪いなら無理してここに留《とど》まる必要はないんじゃない？　帰って身体をゆっくり休めなよ。密輸犯たちはしっかり捕まえておくからさ」

「大丈夫ですから！　というか、クムラ様とエミィだけこの場に残したら、好き勝手にやって現場が混乱するだけです！」

「えー？　それが面白いのに」

「駄目ったら駄目！」

断固として帰宅を拒否するファムに、僕は同情した。考えてみれば、この場においてまともな判断や指示ができるのは彼女しかいない。クムラもエミィも、本に関わることになれば頼りになるのだけれど、その他の分野では全く役に立たないからな。それを考えると、ファムには何としてでもここに残って貰《もら》わなくては。

真っ向から反発されたクムラは、それを楽しく感じているようにカラカラと笑い、椅子から立ち上がって僕の背後へと回る。そして、濃厚なアルコールの香りを漂わせながら、僕の背中に凭《もた》れ掛かった。

「なんでこっちに来たんだよ……」

「エミィばっかりズルいから。これくらい許してよ」

「子供に対抗しようとしないでくれ」

言いつつも、僕は背中くらいはいいか、と特にクムラを振り払うこともしない。今更この程度のことを拒否するような間柄ではない。特に迷惑を被るわけでもないし、黙って受け入れるとしよう。

僕の肩に顎を乗せたクムラはファムに言う。

「ほら、早いとこ本題に入ろうよ。密輸犯たちの取引場所がわかったんでしょ？」

「ぐぬぬ……」

恨めしそうな声を上げてクムラを睨んだファムだったが、やがて諦め、肩を落とした。あまりにも不遇な立場。流石に居たたまれなくなり、僕はファムに労《ねぎら》いの言葉をかけた。

「えっと、頑張って」

「……ありがとうございます、ヴィル様」

乾いた笑みと共に礼を告げ――お礼を言われるようなことは何一つできていないけれど――ファムは近くに置いてあった鞄《かばん》の中から地図を取り出し、僕のほうへと椅子を近づけた。

「密輸犯たちの取引場所は、ここから一キロほど離れた場所――旧市街跡地の酒場だった建物です」

「……ちょっと、見づらいね」

説明しながらファムは地図の該当場所を指さすが、焚火《たきび》しか光源がないため、良く見えない。辛うじて建物を表す図形が描かれていることはわかるのだけれど、正確な位置を知ることはできなかった。

熱いけれど、少し焚火に近付こうか。魔法で新たな光源を生み出そうかと迷っている
ファムに、僕がそう提案しようとした時。

「図式立影《エルセクト》」

不意にクムラが呟《つぶや》いた直後、ファムが持つ地図の上に、様々な色の光で構成された立体の小さな旧市街が出現した。建物の模様や道に転がる石、瓦礫《がれき》の下から生える雑草など、細かな部分までもが再現されている。

何度も見ている僕とは違い、光の立体図を初めて見たファムとエミィは、目を見開いて驚きの声を上げた。

「ほぉ……地図に描かれている場所を映し出す魔法か」

「これは、クムラ様の魔法ですか？」

「その通り」

肯定し、クムラは右手に持っていた魔導羅針盤――全知神盤《グリフ》を眼前に突き出し、北東の方角を示している盤面を二人に見せた。

「私の全知神盤《グリフ》が持つ魔法の一つだよ。私が読み取った地図を空中に映し出す。しかも、

今の状況をそのままね。今この瞬間に建物が壊れたりすれば、その様子も即座に反映してくれるよ」

説明を終えたクムラはどう？　と言わんばかりに得意げな笑みを浮かべる。その顔には多少イラっとしないこともないけれど、こればかりは認めざるを得ない。以前聞いた話によれば、この魔法を行使するためには使用者が地図の全体像を正確に把握する必要がある。並みの頭脳では行使することができず、事実上、クムラだからこそ使える魔法と言っていい。

呆然《ぼうぜん》とクムラが持つ全知神盤《グリフ》を見つめていたファムはやや呆《あき》れた表情を浮かべ、

「流石《さすが》は『神が創りし羅針盤』。という他ないですね」

何処《どこ》か羨ましそうに、称賛の言葉を口にした。

『神が創りし羅針盤』――それは一般的に流布している魔導羅針盤とは違う、特別な羅針盤である。製作者、製作工程、使用部品、材料などは全て不明。また、現代の職人が製作する魔導羅針盤とは機構も全く違い、現代の技術では模倣するどころか、機構を解析することさえも困難と言われている。製作されたのは少なくとも数千年以上前とされており、古代文明の叡智《えいち》であるとする説を唱えている者もいる。

だが、それらの魔導羅針盤が神によって創られたと言われるようになった理由は、何も謎めいた全貌や超絶技巧だけではない。

魔導羅針盤は八方位に埋め込まれた晶石と呼ばれる特殊な宝石に魔法式を格納し、そこに魔力を込めることで魔法を発動させる。これは現代の魔導羅針盤も変わらないが、『神が創りし羅針盤』に格納されている魔法の性能は――はっきり言って異常と言えるだろう。

大規模な地震を発生させる、大海に巨大な渦潮を生み出す、地中のマグマを爆発させる、天から無数の雷を雨のように降らせる……等々、神が操る力と思えるような魔法が、幾つも格納されているのだ。

現時点で、これらの魔導羅針盤は世界で七つ発見されており、クムラが持つ全知神盤《グリフ》もこの内の一つに含まれている。

「世界の奇跡……神の産物と謳《うた》われる伝説の魔導羅針盤か。是非とも一度、詳しく調べてみたいものだね」

僕の胸に頭を預けながら、エミィが興味深そうに言う。彼女の専門は古文書だが、研究者としての血が騒ぐのだろう。彼女の気持ちはわからなくはないが……残念ながら、それは実現しない望みだ。

その理由を交え、ファムがエミィに言う。

「『神が創りし羅針盤』は、一切の研究が禁止されているわ。エミィが幾ら望んだとして、国の上層部に速攻で却下される」

「わかっているさ。悔しい気持ちはあるが、神の神秘に傷をつけるわけにはいかない。私は大人しく、遠めから眺めるに留めておくよ」

「そうしておいて。はぁ、また本題から逸《そ》れてしまいましたね……話を戻します」

光の立体縮図、そこに構築されていた正方形の白い石造りの建物を指さし、ファムは続けた。

「この建物の二階が、密輸犯たちが禁書の取引に用いる場所です。時間は今から数十分後。相手の人数は十五人から二十人。その全員が魔法師とのことです」

「よくそこまで調べられたね」

「ブリューゲル王国の諜報員《ちょうほういん》たちは、とても優秀なんですよ。それで――」

心配を含んだ視線で僕を見つめ、ファムは問うた。

「作戦は特になく、ヴィル様がお一人で現場に乗り込み、全員を制圧するということになっていますが……大丈夫ですか？」

「自由に戦えるのなら問題ないけど、建物はどの程度まで破壊していいの？」

「現場の建物だけなら、壊しても構わないと、上からは。ただ、犯人たちは可能なら生け捕りにしてほしいと」

「承知しているよ。何処の組織が繋《つな》がっているかとか、色々と聞かなくちゃいけないことがあるもんね」

生け捕りという条件はつくものの、概《おおむ》ね自由に戦っても良い、と。それなら僕が負ける道理はない。普段から禁忌図書館を守護している者としての力を、遺憾なく発揮してみせよう――と、やる気を漲《みなぎ》らせていた時。

「その前に一つ、確認することがあるよ」

クムラが右手を挙げ、ファムに尋ねた。

「事前に頼んでおいた『帝録写本』の解読許可は？　ヴィルの力を貸す条件にしたはずだけど」

「安心し給《たま》え」

その問いに、エミィが答えた。

「物が物だけに上層部はかなりの難色を示していたけど、最終的には折れてくれたよ。流石に、何処の組織かもわからん輩《やから》に回収されるよりはマシだと考えたみたいだ。それに、魔導姫の要求を断るわけにはいかないと考えたんだろうね」

「なるほどね。まぁ、確かに上層部からすれば、私との関係を悪化させることは避けたいはずだし、要求が通るのはある意味当然かな。なんにせよ、解読の許可が下りたのなら良かった。もう私から言うことは何もないから、ヴィルは好きなだけ暴れてきていいよ」

「自分は何もしないからって簡単に――」

と、その時――ファムが腰に下げていた鈴が大きな音を響かせた。事前に聞いていたその音が示すものは、合図。取引が行われる場所に、怪しい人影が姿を見せたことを知らせるものだ。

音が鳴った以上、ここでゆっくりしているわけにはいかない。早急にここを出て、現場に急行しないと。逃げられては元も子もない。

膝の上で目を閉じていたエミィを移動させ、僕は巨石に立てかけてあった大鎌を手に取った。手に馴染む大きさと感触に一度頷き、それを肩に担いで、その場にいる全員のほうへと顔を向けた。

「行ってくるよ。終わったら呼び鈴を鳴らすね」

「はい。お気をつけください、ヴィル様」

「怪我《けが》しないようにね。無傷で私のところに帰ってくるまでが任務なんだから」

「そんな遠足気分では行かないよ。それじゃ——行ってくる」

皆に言って、僕は屋上の端に向かって歩き出した。

任務は禁書の回収と、密輸犯たち全員の生け捕り。これまでに僕が相手にしてきた連中と比べれば、楽とすら言える。

夜は冷えるし、早く終わらせて図書館に戻ろう。

そんなことを考えながら、僕は屋上の端で一度止まり——勢いよく、身体《からだ》を宙に躍らせた。

およそ五分後。

「丁度取引が始まったところかな……？」

旧市街跡地を全速で駆け抜けて取引現場に到着した僕は建物の屋上に降り立ち、足元に幾つも穿《うが》たれた穴の一つから中の様子を窺《うかが》った。眼下に見える建物の二階には今、十数人の人間の男たちがいた。物々しい雰囲気を漂わせる彼らは比較的若く見え、その全員が鉄パイプや錆《さ》びた剣、槌《つち》などの物騒な武器を手に持っている。加えて、首や腰にはチェーンをつけた魔導羅針盤。事前に聞いていた通り、彼らは全員が魔法師のようだ。

やや緊張した様子にも見える男たちの視線の先――部屋の中央には、身に纏《まと》う雰囲気の異なる二人の男が向かい合っていた。片方はシルクハットを被《かぶ》った似非《えせ》紳士。もう片方は、スキンヘッドが印象的な強面《こわもて》。二人は時折笑みを浮かべながらも、決して隙は見せないという意思を感じさせる表情で会話を続けている。互いに、相手の腹を探っているようにも見えた。

周囲の雰囲気も相まって、如何《いか》にも犯罪組織の取引現場という感じだな。

そんな感想を抱きつつ、僕は最優先目標である禁書を捜した。この男たちを捕らえることも重要だが、まずは禁書を回収しないことには自由に戦うことができない。乗り込むのは、禁書の位置を把握してからだ――と。

「そろそろ、例の禁書を見せて貰《もら》おうか」

「……いいだろう」

談笑を切り上げた似非紳士の要望に応じた強面が、足元に転がっていた小さな木箱を持ち上げ、その蓋を開ける。途端、箱の中に閉じ込められていた色濃い紫色の瘴気《しょうき》が逃げ出し、その奥から、同色の表紙の本が姿を見せた。遠目からでもわかる濃密なマナと、肌がチリつく感覚。間違いない。あれが今回の回収目標である『帝録写本』だ。

「ほぉ、これが……」

感動の眼差《まなざ》しと声を禁書に向けた似非紳士が、それに触れようと木箱へと手を伸ばす。が、それを察した強面は即座に木箱を横に移動させ、忠告する。

「触らないほうがいい。こいつだけじゃなく、禁書って代物は大抵触れた者に厄介な呪いをかける力を持っているらしいからな。これも例外じゃなく、触れた者の生命力を空になるまで奪うって話だ」

「！　忠告感謝する。危うく、触れるところだったよ」

「何、まだ代金も貰ってないんだ。大事な客に死なれると、俺たちも困るからよ」

気色の悪い笑みを浮かべた両者はそれから、金銭のやり取りに入る。禁書そのものの金額に、ここまで運んできた料金を上乗せして……と、強面はかなりの料金を請求する。それに不満を述べることもなく、それどころか似非紳士は全員分のチップまで上乗せすると言いだした。目的の代物が手に入ることが余程嬉《うれ》しいのか、声音からはとても上機嫌なことが伝わってくる。

そんな取引の様子を眺めつつ、僕は立ち上がった。取引が終わるのを待つ理由はない。禁書の在《あ》り処《か》さえわかってしまえば、様子を見る意味も消える。ここから先は当初の予定通り――蹂躙《じゅうりん》するだけ。

手にした大鎌にマナを流し、僕はそれを垂直に構えた。この大鎌は僕専用の魔導具で、マナを流すと切れ味や頑強さが増し、重さも限りなくゼロになる特性を持っている。普段は魔法を使うことができない僕が持つ、唯一の武器だ。

「目標は――三分以内」

乾いた唇に舌を這《は》わせて呟《つぶや》き、僕は大鎌の石突きを真下に向かって振り下ろした。接触箇所を起点として蜘蛛《くも》の巣状の亀裂が生まれた直後、建物の天井は轟音《ごうおん》を響かせながら崩落。石の破片が落下する音に交じって聞こえる男たちの怒号や悲鳴には、突然の出来事に対する焦りが感じられた。

予期せぬ奇襲への対応は論外。これだけの人数がいながら見張りの一つもできないのは、幾らゴロツキの集団とはいえ呆れてしまう。

厳しい評価を下しつつ、僕は瓦礫《がれき》の上に降り立ち、瓦礫の下敷きになっている似非紳士の近くに取り残された木箱に入っていた禁書を手に取った。不思議な引力にも似た何かを感じさせるそれは、奇妙な魅力を纏っている。それと同時に、不吉な予感を抱かせる怪しさも。

悪用される前に回収することができて良かった。その事実に安堵《あんど》の息を吐き、禁書を服の内側へと仕舞った――瞬間。

「ん？」

後方から飛来した鎖が僕の胴体に巻き付き、逃がさないとばかりに力強く締め上げてきた。肺が圧迫されたことで微《かす》かに息苦しくなりつつも、僕は取り乱すことなく、鎖が伸びる方向へと身体を向ける。

「へぇ、意外だ。もっと取り乱すと思ったんだけど」

余裕を前面に押し出し、僕はいつもと変わらない声音で告げた。

視線の先にいたのは、先ほどまで似非紳士と禁書の取引をしていたスキンヘッドの強面。その隣には、宙に描かれた魔法陣から伸びる鎖を摑《つか》んでいる若い男。どうやら、僕の身体を縛る鎖は魔法で生み出されたものであり、その術者は彼のようだ。

強面は相当頭に来ているらしく、額に青筋を浮かべ、睨《にら》み殺されるのではないかと思ってしまうような鋭い目を僕に向けている。当然、僕はそれに一切臆することも、動じることないけれど。

「そんな気持ちの悪い目を向けないでよ。強面の男に見つめられると、気色悪くて今晩ぐっすり眠れなくなっちゃうからさ」

「俺たちの取引を邪魔して、生きて帰れると思ってんのか？」

威圧するような声音で言った強面は次いで、腰に下げていた魔導羅針盤を握り――虚空から現れた鋭利な斧《おの》を右手で摑んだ。彼の手に収まった途端、斧の刃は溶岩のような赤みを帯び、その周囲に蜃気楼《しんきろう》を発生させる。高熱の斧。切断するだけでなく、相手を焼き苦痛を与える特性も持ち合わせているらしい。趣味の悪い武器だ。

参ったな。できれば、軽傷のまま拘束したかったのだけど、あんな武器を使われたら僕も相応の戦いをしなければならない。彼女たち――特にエミィには、血に塗《まみ》れた彼らを見せたくなかったんだけど。

「ねぇ、今からでも考え直す気はない？　大人しく投降するなら、全員軽傷で済ませてあげるからさ」

「自分の状況がわかってんのか？」

僕の提案を一蹴し、強面は周りを見ながら続けた。奴《やつ》の視線の先には、瓦礫の下から次々と起き上がる男たち。

「ここにいる奴らは全員魔法師だ。ただのチンピラとはわけが違う、猛者たち。そんな集団に喧嘩《けんか》を売ったお前は、これからリンチされる。泣いても叫んでも拷問はやめねぇ。今すぐ謝るっていうなら、一瞬で殺してやるが」

強面のドスの利いた脅しに応じて、周囲の男たちが手にしていた武器を構える。第三者が見れば、多数対一と圧倒的に不利な構図。戦うことすら無謀であり、普通ならば、僕が大差で敗北すると考えることだろう。

ただ、残念ながら僕は普通の少年ではない。曲がりなりにも禁忌図書館という、王国で最も襲撃の多い図書館を守護する戦士であり、死神と呼ばれ恐れられる守護者だ。多少魔法が使える雑兵が十数人揃《そろ》ったところで、僕の相手にはならない。

「魔法師だからこそ、投降勧告をしたんだけどなぁ」

こちらの提案には応じないだろうと諦めた僕は溜《た》め息《いき》交じりに呟き、身体に巻き付く鎖に触れた。その瞬間——鎖は銀色のマナの粒子となって消滅し、夜風に攫《さら》われて痕跡も残さずに消え去った。

「な――ッ!?」

鎖の術者が驚愕《きょうがく》の声を上げ、僕は大仰に肩を竦《すく》めて言った。

「残念だけど、僕は特異体質なんだ。魔法やら禁書の呪いは、この身体には一切通じない。ま、代わりに僕も魔法が一切使えないんだけど――」

大鎌を構え、僅かに膝を屈《かが》めた直後――床を砕く爆発的な脚力で強面に肉薄し、一閃《いっせん》。熱を帯びる斧を持つ右手を前腕から切断し、間髪容《い》れずに石突きで鳩尾《みぞおち》を貫く。肋骨《ろっこつ》の折れる音を響かせながら吐血した強面を見下ろし、僕は言った。

「君たち程度が相手なら、三分もいらないかな」

敢《あ》えて感情を逆なでする、挑発的な言葉を投げかける。が、強面は切断された腕の断面を必死に押さえており、僕の声は届いていない様子だった。

出血は多いけれど、すぐに手当てをすれば死ぬことはない。これである程度の実力差は見せつけたので、戦意を喪失してくれただろうか。

自由に動けず、激痛と恐怖に身体を震わせる強面に再び投降勧告をしようと、僕はその場で膝を折る。と、その時。

「四枚の黒い翼に、亀裂の入った光輪……ま、まさか――ッ！」

数秒足らずで自分たちのリーダーが戦闘不能にさせられた状況に呆然《ぼうぜん》としていた男の一人が、僕の特徴を口々に言い、震えた声で叫んだ。

「こいつ――死神だッ!!」

直後に広がるどよめきに、僕は思わず苦笑してしまった。

死神。その単語は遂《つい》に、僕のことを示すものになってしまったらしい。その単語自体は不吉な意味を持っているので、僕個人としてはあまり嬉しくないのだけど……僕のことを噂《うわさ》で知っているのであれば、話は早い。

僕は強面だけではなく、この場にいる全員に告げるため、立ち上がった。

「さて、最後のチャンスをあげるよ、ゴロツキ君たち。降伏を宣言して大人しく連行されるか……僕と殺し合いに興じるか。好きなほうを選んでいいよ」

僕が提示した二つのシンプルな選択肢。どちらを選ぼうと、最終的には拘束・連行されることに変わりはない。大きく違うのは……無傷の降伏か、重傷を負う抵抗か。

室内に沈黙が降りる中、互いに顔を見合わせた十数人の男たちは一斉に頷き——武器を構えた。それが示す答えは、言わなくともわかっている。

僕が望んだ答えではなかったけれど、これが彼らの選択ならば、尊重するしかない。大鎌に付着していた強面の血を払った僕は部屋の中央へと移動。そこに転がっていた天井の残骸、その上に立ち——四枚の黒い翼を広げ、短く言った。

「——おいで」

告げた直後——勇気あるゴロツキたちは、一斉に僕へと襲い掛かった。

◇

「ヴィル様がお強いことは知っていましたけど……」

十分後、二階の天井が崩落した廃墟《はいきょ》の前。騎士団の到着などによって騒がしくなる中、ファムが呆《あき》れ半分、感心半分といった表情と声音で僕に言った。

「まさか、五分もかからずに制圧するとは思いませんでした」

告げるファムの視線の先には、騎士団の団員たちによって担架に乗せられ運ばれる、十数人の男たち。その全員が腕や足など、身体の一部を欠損しており、彼らを運ぶ騎士団は患部を見て顔を顰《しか》めていた。駆け付けた騎士団の医療班が止血などの手当てを施したとはいえ、傷口の生々しさが消えるわけではない。彼らの反応は、ある意味正常と言える。幾ら騎士団とはいえ、グロテスクなものは苦手なのだろう。

「一体、どんなことをして制圧したんですか？　犯人たち、随分と恐怖に染まった表情をしていましたけど」

「特別なことはなにもしてないよ。ただ取引をしていた現場に突っ込んで、頭の男を叩《たた》いた後に、その他の雑兵を潰しただけ。一応投降しろとは言ったんだけど、全員向かってきたからさ。遠慮はいらないかなと思って。あ、ちゃんと手加減はしたから安心してほしい。全員、会話をすることはできると思うから」

「……こちらの要望は叶《かな》えてくれていますけど、やり過ぎな気がしますね。何人か精神崩壊している者たちもいましたよ？」

「一人でも残っていれば情報は引き出せるから、妥協してほしい」

僕は悪びれることなく言い、実況見分を行っている騎士団へと目を向けた。

生憎《あいにく》、僕は生け捕りの経験が浅い。禁忌図書館を襲撃する者たちは皆殺しが基本なので、今日のような場合の加減がわからないのだ。四肢を切断したとしても、命があるのだから十分以上に慈悲を与えたほうだと思ってしまう。

そんな価値観をしているからか、先ほどから騎士団の団員たちの僕を見る目が少し痛い。密輪犯たちに怪我《けが》を負わせたのはあの人なのか……と、若干引いているのがわかる。次にこういう依頼があった時は、もう少し優しく痛めつけてあげることにしよう。

少しだけ反省しつつ、僕はこの後のことをファムに尋ねた。

「これから密輪犯たちに尋問をするんだろう？　君たちがやるの？」

「いえ、騎士団に協力してもらうつもりです。流石《さすが》に私たちには尋問の技術がありませんからね。その点、騎士団であればその道のプロもいらっしゃるので」

「まぁ、賢明な判断かな」

ファムの選択は妥当と言える。騎士団の中にはその手の尋問――拷問を含む――技術に長《た》けている者がいるのだ。流石に専門の尋問官は法院にしかおらず、協力を取り付けるためにはかなりの時間が必要になる。中々口を割らないのであれば頼るのも手だが、今回の場合は騎士団で十分に思える。

「結構脅したから、彼らはすぐに口を割ると思うけどね」

「……何をしたんですか？」

疑惑の目を向けるファムに、僕は首を左右に振った。

「変なことはしてないって。普通に戦いが終わった後に、口を割らなかったら身体《からだ》を刻むからねって言っただけ」

「恐ろしいことを言いますね……」

「でも、手を下すのは僕じゃなくても、十分にあり得ることだよ。尋問官が行う拷問の中には、足先から少しずつ身体を輪切りにするものも――」

「い、言わなくていいです！」

最後まで言い切る前にファムに止められ、僕は口を噤《つぐ》んだ。彼女は僕とは違い、普段は古文書の解読などをしている研究者。血生臭い話は得意ではないのだろう。僕の配慮が足りなかった。

ごめんよ。と、謝ろうと口を開いた時。

「いやぁ、お疲れ様～ヴィル」

背後から近づいてきたクムラが労《ねぎら》いの言葉を告げながら、僕の背中に抱き着いてきた。両腕を身体の前に回し、二つの肩甲骨の中間あたりに顔を押し付けてくる。

全力で体当たりをしてこない当たり、普段よりも酔いはマシか。

そんなことを考えていると、クムラが抱きしめる力を少し強めた。

「怪我が無くて何よりだよ。ヴィルが制圧に向かった時から、私は凄《すご》く心配していたんだからね？」

「心配する必要がないことは、君が一番よく理解しているはずだろう？　僕は普段から、禁忌図書館を守護している身なんだから」

「でも、万が一があるでしょ？　人生は何が起こるかわからないんだからさ」

「杞憂《きゆう》だよ。雑魚相手にヘマはしない。ほら、禁書もこの通り回収してきたし」

腹に回されていたクムラの腕を解き、僕は彼女のほうへと身体を向け、服の中に仕舞っていた禁書を取り出して見せた。回収した時に放っていた瘴気《しょうき》は、今は皆無。僕の魔法や呪いを無に還《かえ》す体質によって、瘴気を放出することができなくなっているようだ。

「ほほぉ……これが今回の禁書か〜。中々面白そうな見た目をしているね」

「面白そうというよりも、何か壮大で重大なことが書かれているような感じです」

僕が持つ禁書をマジマジと見ながら、二人は各々の感想を呟《つぶや》く。生憎専門家ではない僕には、彼女たちが感じていることが理解できない。ただ、何となく凄そうな本ということしかわからない。

ただ、この本が彼女たちの知的欲求を刺激するものならば、回収した甲斐《かい》があったというもの。それだけで、僕は満足だ。

「触れた者の生命力を奪う呪いがかけられているらしいから、取り扱いには十分気をつけたほうがいい。無暗《むやみ》に触ると、大変な目に遭う」

「生命力の吸収は、禁書の中ではよくある呪いだね。何度も解呪したことがある類だから、問題ない。解読に支障はないよ」

「どれくらいで解読できそうですか？」

何気ないファムの問いに、クムラは少し考えてから答えた。

「中身を見ていないから正確なことは何もわからないけど……大体、二日もあれば終わるはずだよ」

「二日……」

クムラが告げた期間に、ファムは苦笑した。

「普通ならあり得ないと言いますけど……貴女《あなた》なら、そのくらいで解読できるのでしょう。昔から、貴女はそうでしたから」

「？」

その様子を見て、僕は首を傾《かし》げた。

何気ないやり取りではあったけれど、何故《なぜ》か、ファムの声音と表情からは含むものが感じられた。哀憐《あいれん》のような、羨望のような、何とも形容しがたい感情の片鱗《へんりん》が読み取れる。

何か、思うところでもあるのだろうか。と、浮かんだ疑問をファムに尋ねようとした時、僕はふと別のことを思い出した。

「あれ？　そういえば、エミィは？」

十数分前まで僕の膝に乗り寛《くつろ》いでいた幼女の姿が見当たらず、周囲に視線を巡らせる。

てっきり、二人と一緒にいると思ったんだけど……まさか、迷子に？　小さな子供にありがちな不安が脳裏を過《よぎ》るが、それはすぐに、騎士団の仮拠点となっている場所を指さしたクムラによって解消された。

「あそこの椅子で寝てるよ。さっきまで私と古文書談議に花を咲かせていたんだけど、途中で睡魔に負けたみたい」

「あぁ、良かった……」

焚火《たきび》の近くに置かれた椅子に腰を落ち着け眠っている天才幼女の姿を視界に収め、安堵《あんど》の息を吐いた。こんな瓦礫《がれき》だらけで入り組んだ場所で迷子になったら、見つけるのは相当大変な作業になる。そんなことになっていなくて、本当に良かった。

胸を撫《な》で下ろし、僕はファムに問うた。

「ファムたちはこれからどうするの？」

「私たちは騎士団の方々とお話があるので、そちらに」

「ということは、僕たちの役目はここまでだね」

これ以上ファムたちと一緒にいても、僕たちにできることは何もない。元々依頼は密輸犯たちから禁書を奪い取ることだったので、これで無事に完遂だ。

「じゃあ、図書館に戻ろうか」

「その前に、ヴィル」

「ん？」

まだ何かやることがあるのか？　と疑問を浮かべると、クムラはニヤッと口元に笑みを

作り、次いで――こちらに手を向け、滅多に見ない朗らかな笑顔で言った。

「ちょっと――デートしよ？」

◇

陽《ひ》が沈んだ後の王都は、毎晩のように賑《にぎ》わいで包まれている。

大通りに面した土地に建てられた酒場やバーから聞こえてくる音楽や楽しそうな話し声。道端で曲芸を披露しチップを稼ぐ道化師と、それを遠目から眺めて笑う通行人。路地裏では酒に酔った若者たちが血気盛んに喧嘩《けんか》をしており、通報を受けて駆け付けた数人の騎士団員が仲裁に入ったりと、昼間には見られなかった様々な出来事がそこかしこで繰り広げられている。近年は様々な国と国交を結んだことから、街中で見られる種族も多種多様。従来の天使族と悪魔族だけではなく、外から来た多くの種族も街中を歩いている。

そんな静寂とは無縁の雰囲気が漂う大通りを眺めながら、僕は隣を歩くクムラに忠告した。

「デートって言っていたけど……危険な禁書を持ち歩いた状態で遊びに行くのは絶対に駄目だからね？」

「黙ってここまでついてきておいて、今更それを言うの？」

「聞いても『王都についたら教える』って言って教えてくれなかったのはクムラだろう

「……冗談だって」

　僕の反論に楽しそうに笑い、クムラは旧市街跡地を出てからずっと尋ねている僕の問いに答えた。

「デートって言っても、遊びに行くわけじゃないよ。お菓子を買いに、少し寄り道をするだけ」

「お菓子？」

　珍しい、と僕は思った。基本的にクムラは自発的に何かを買い行こうとすることがない。偶《たま》にあるとしても、図書館内に貯蔵されている酒瓶の本数が減り、それを補充しに行く時くらいだ。興味があるのは本と酒のみである彼女が、自分からお菓子を買いに行くなんて……一体どういう風の吹き回しなのだろう。

　あまりにも僕が意外と思っているのが伝わったのか、クムラは理由を告げた。

「禁書は他の古文書とは比較にならないくらい、解読が難しい書物だ。ただ解読するだけじゃなくて、付与されている呪いを無効化したり、暴走した場合の対処を考えたりと、やることがとても多い。私も魔法を二つや三つ同時に行使しながら解読をすることになるから、如何《いかん》せんカロリーを使うことになる。一冊の禁書を解読しただけで体重が五キロ減ったこともあるよ」

「そ、そんなに？」

「そんなに。莫大《ばくだい》なカロリーを使うし、途中で集中力を切らすわけにもいかない。だから、禁書を解読する前には甘いものを沢山買っておく必要があるんだよ」

クムラの説明を受け、僕は納得したと頷《うなず》いた。

魔法の行使はとてつもないエネルギーを使うものだ。特にクムラのように、解読をしている時は常に行使しているとなると、必要なエネルギーも集中力も、相当なものになる。

疲れた身体、頭には甘いものが必要。ということなのだろう。

ただ、普段からクムラが古文書などを解読している姿を見ている僕には、一つの疑問が生まれた。

「ケーキを買う理由は理解したんだけど……食べることに意識を割くこと、できるの？」

クムラは一つのことに没頭すると、他のことに全く気が回らなくなる癖がある。糖分の補給が必要になったとして、果たして彼女は自分から解読の手を止めて休憩することができるのかどうか。

その疑問に、クムラは何故か得意げな表情で言った。

「そのためにヴィルがいるんだろう？　時折でいいから、君が私に食べさせてね。できれば口移しで」

「普通にフォークで食べさせるからね」

「ケチ」

「倫理と衛生上の問題だよ」

図書館という国で最も神聖な場所で、淫らなことをしようとしないでほしい。特に、禁忌図書館は最も重要な図書館なのだから。

僕の当然の反論に唇を尖《とが》らせたクムラは一度周囲に視線を向け、突然、僕の腕に抱き着いてきた。

「？　どうしたの？」

唐突な行動に尋ねると、クムラは声量を落として言った。

「気が付いてる？　さっきから、色んな人がヴィルを見ていること」

「……まぁ、何となくは」

言いながら、僕も周囲に意識を向けた。

勿論《もちろん》、気が付いてはいた。王都に入った時から、多くの視線が僕たちに注がれていることは。そこに含まれている感情はよくわからないけれど、概《おおむ》ね、好奇や興味と言ったところだろう。そんな目で見られる原因は恐らく僕の容姿——普通ではない、僕の翼や光輪。

「黒い翼と亀裂の入った光輪なんて、他にいないだろうからね。珍獣を見るような感覚なんだと思うよ。どっちつかずの存在、天使と悪魔の融合みたいな」

「……はぁ」

注目を集める要因を推測して言うと、クムラは何故か呆《あき》れたような溜《た》め息《いき》を零《こぼ》した。

「前から言っているけど、君はもっと自分が魅力的な容姿をしていることに気が付いたほうがいい。これ以上、失恋の被害者が増える前にね」

「他人からの評価と自分自身の評価は相反するものなんだよ。少なくとも、僕は自分の容姿を気味が悪いと思っているくらいだし」

「強情な死神様だなぁ」

やれやれ、と首を左右に振ったクムラは僕の腕を解放し、前方に見えた菓子店へと小走りで近付いた。どうやら、そこが彼女の目的地らしい。僕が行ったことのない店だった。

銀色のベルが取り付けられたドアを開けて中に入る。従業員は奥にいるらしく、店内は無人。会計場所に呼び鈴があるので、買うものが決まったら呼ぶことにし、僕とクムラは多くのケーキ類が並べられたショーケースを覗《のぞ》き込んだ。

「何個くらい買うつもりなの？」

「……七個？」

「多いね」

「それくらいのカロリーは余裕で消費することになるから、太る心配はないよ」

楽しそうに視線を滑らせるクムラと同じように、僕も自分用のものを選ぼうと、色々な種類のケーキを見る。が、

「……全くわからん」

どれが自分の口に合いそうか、目で見て全然わからない。僕が普段菓子類を買う時は決まって、クムラに食べさせるためのものを選んでいる。彼女の好みに合わせて買うものを決めるので、自分の好みがまるでわかっていない。しかも厄介なことに、僕はかなりの馬

鹿舌だ。好き嫌いもないので、普通の料理やお菓子なら、何を食べても美味《おい》しいという感想しか出てこない。悪く言えば、なにを食べても同じに思える。

いつも通り、適当に選ぶか。と、丁度目に留まったチーズケーキにしようと思った時、

「あ、いらっしゃいま――」

奥から赤いエプロンを身に着けた、天使族の若い女性店員が出てきた。彼女はショーケースの前にいる僕たちに気が付いて挨拶をし、その言葉を最後まで言うことなく、その場で動きを止めて僕を凝視している。

何だか、何処《どこ》の店に行っても店員さんに同じような反応をされる気がする。

そんなことを思いながら、折角だし、と僕は店員の女性に声をかけた。

「すみません。このお店のオススメってありますか？」

「え？　あ、えっと……こちらの苺《いちご》のムースなんかは、当店でも人気の品となっております」

僕の声で我に返った女性店員は、慌てて僕の質問に答えた。赤みを帯びたムースの上には同色のベリーが載せられており、見た目もお洒落《しゃれ》で美味しそう。店員さんが言うのならばハズレではないだろうと判断し、僕はそれを買うことに。

「じゃあ、それを一つ。クムラは？」

「……」

少しの間を空けた後、クムラはやや不機嫌そうな雰囲気を漂わせながら、七つのケーキ

を注文した。彼女がご機嫌斜めになっている理由は、まぁ、察しが付く。それなりに長い時間を共に過ごしているので、何となくわかるのだ。

会計を済ませようと財布を取り出しつつ、僕はクムラの肩に手を置き、囁《ささや》いた。

「別に口説いてるわけじゃないんだから、怒らないでよ」

「……この乙女キラー」

ムスッとしながら、クムラはわざとらしく頬を膨らませた。

それ自体はとてもあざとかったのだけれど、不覚にも可愛《かわい》いと思ってしまったのは、僕の心が彼女に傾き始めている予兆なのだろうか。

あり得ないとは言い切れない可能性について考えながら、代金を支払いケーキを受け取った僕は、クムラを宥《なだ》めながら図書館への帰路を歩いた。


小一時間後の禁忌図書館、メインフロアにて。

「さ〜て、やりますかぁ」

部屋の中央に置かれている執務机の前で大きく伸びをしたクムラは、いつになくやる気に満ちた声音で呟《つぶや》き、両腕の袖を捲《まく》った。

時刻は午後九時。普段のクムラならば酔い潰れてソファに転がっている時間だが、今日の彼女は一味違う。旧市街跡地で摂取したアルコールが抜けていないのでテンションは高いが、惰眠を貪る様子は一切なく、瞳に熱意を宿して机の上に様々な道具を用意していた。

僕が回収した禁書――『帝録写本』。その解読文を記すための真っ白な羊皮紙に、クムラが愛用している、僕が贈った万年筆。また、解読に必要な道具だけではなく、集中力を切らさないために飲む珈琲《コーヒー》が入ったマグカップや、魔法で生み出した溶けない氷の入った木箱なども置かれている。木箱の中身は、先ほど購入したケーキたち。

万全の状態に整えられた解読作業の環境を見て、僕は氷と共にグラスに入った紅茶を飲みながらクムラに言った。

「ここまでやる気満々なクムラは久しぶりに見たよ。そんなに解読が楽しみなの？」

「そりゃ勿論」

即答し、クムラは机に置かれた禁書を愛《いと》おしそうに見つめた。

「新しい本の発見は、学者にとっては冒険家が新しい島を発見する時と同じだよ。とてつもない達成感と、胸の高鳴りが止まらない」

「大袈裟《おおげさ》な……」

「大袈裟なんかじゃない。今の私は多分、お風呂上がりに上半身裸のまま部屋を歩いてたヴィルを目撃した時よりも興奮していると思う」

「そんなことに興奮しないでほしい」

言いつつ、僕は自分の行動を改めようと決意した。熱い湯を浴びた後は身体《からだ》を冷やしたくて、ついつい上裸で部屋を歩いてしまうのだけど……前に一度、この図書館でも家と同じことをやってしまったのを、クムラに目撃されているのだ。男なので、別に恥ずかしいという気持ちはないけど、流石《さすが》に妙な目で見られていると知ったら改めないわけにはいかない。今後は自分の家でも、極力控えるようにしよう。帰ることはほとんどないんだけど。

僕の言葉を聞いているのか、いないのか。クムラは上機嫌そうに鼻歌を歌いながら、二人掛けのソファを机の前に移動させた。

何はともあれ、やる気があるのならば大変結構。書類仕事も終わらせてあるし、今日は上でゆっくりさせてもらおうか。

「じゃあ、頑張ってね」

その言葉を残し、僕はメインフロアを後にしようと、扉のほうへと身体を向ける。が、その瞬間、クムラは『何言ってるの？』と言わんばかりの声を僕にかけた。

「ヴィルもやることがあるんだから、ここにいないと」

「……いや、僕は解読とかできないし、役に立てることなんてないよ」

振り返ることなく言うが、クムラは足早にこちらへと近づき、背後から僕の首に腕を回して抱き着いた。

「逃がさないよ～？　封印だけならともかく、解読の危険から身を護《まも》るためには、ヴィルの力が必要不可欠なんだから」

「……」

思わず、僕は天井を仰いだ。

クムラが僕に対して何を求めているのかはわかる。それが、速やかに解読作業に入るために必要であるということも。

ただ、それはあくまでも必要なだけで必須ではない。仮にもクムラは全司書の頂点に君臨する最高司書官。最高の頭脳と叡智《えいち》を持つ天才で、禁書の扱いも他を寄せ付けないほどの腕を持っている。僕の力がなくとも、彼女は自力で禁書が持つ呪いを解くことができるのだ。

が、一応これは上司命令。しかも、禁書の解読という重要な仕事に関する協力を命じるものである。これを断ることはできない。

やや職権乱用のような気がしなくもないけど、仕方ない。これも仕事だと割り切るしかない。

僕は私情を切り捨て、クムラが求める通りに彼女を横抱きに抱え――机前の二人掛けソファにクムラを座らせ、その隣に腰を落ち着けた。

「本当に我儘《わがまま》な天使だね、君は」

小言を口にすると、クムラはとても嬉《うれ》しそうな笑みを浮かべた。

「禁書の解読は危険で、私でも万が一があるでしょ。文章を読んで脳が乗っ取られた前例もあるくらいだし。その点――」

僕の指と自分のそれを絡め、クムラはその手に軽く力を込めた。

「ヴィルに触れている間は、私は魔法や禁書の呪いを無効化することができる。全く、君はつくづく私のために生まれてきたようだね。これはもう結婚するしかないんじゃないかな？」

「変なことを言っている暇があるなら、さっさと解読を始めてください先生」

このまま雑談を繰り広げそうなクムラに、僕はペースに呑《の》まれまいと冷静に告げた。

僕は自分の特異体質――魔法や禁書の呪いを弾《はじ》く体質を他者に付与することができるのだ。その方法は至ってシンプルであり、僕が対象の人物の肌に触れるだけだ。

確かにクムラの言う通り、僕と共に解読をすれば禁書による呪いを受けることはない。最も合理的な解読方法であると説明されれば、その通りだと納得せざるを得ないのだけど……これ、凄《すご》く疲れるんだよなぁ。何せ、数時間連続で作業をするクムラの隣に座って彼女と手を繋《つな》ぎ、移動することも許されず、理解できない解読作業を見続けなくてはならないのだから。辛《つら》い。

若干憂鬱になっている僕とは正反対の、嬉々《きき》とした表情でクムラは僕に促す。

「ほら、早くページを捲《めく》ってよ。これは君の役割なんだからさ」

「はいはい。わかりましたよ、先生」

ここで文句を言っても、終わる時間が後ろに延びるだけ。なら、早く始めて、早く終わってもらおう。

諦めの声で降参し、僕は左手を禁書に伸ばし、一ページ目を開いた。

数時間が経過した。

素人目ではあるけれど、僕が隣で見た感じ、禁書の解読はかなり順調に進んでいるように思えた。現時点で既に捲られたページは本の半分に到達しており、解読文が綴《つづ》られた羊皮紙は高く積まれている。

机の上で開かれた禁書を真剣な表情で見つめているクムラは、この数時間ただの一言も声を発することなく作業を続けている。そんなクムラの周囲には、彼女の魔導羅針盤――全知神盤《グリフ》の魔法によって生み出された黄金の文字が漂っていた。宙を漂う無数の文字は絶えず配列を変化させ、術者であるクムラを起点として時計回りに旋回し続けている。時折、幾つかの文字が何かに導かれるようにクムラの眼前に移動し、未知の文を構築しているのだが、意味は全くわからない。理解できたのは、それはクムラが何か魔法を発動した証拠であるということだけ。

神秘的な躍る光の文字を眺めていると、その時不意に、クムラが右手の万年筆を置き、漂っていた文字を消滅させた。

「流石に、ちょっと休憩取ろうかな～」

呟き、僕と繋いでいた左手を解放し、両手を上げて背筋を伸ばす。

解読作業を始めて数時間が経過した中で、初めての休憩だった。常人は一時間しか集中が持続しないらしいけど、クムラは優にその数倍の時間を集中して作業している。彼女の驚異的な集中力には、ただただ驚く他にない。

僕もクムラと同じように伸びをしようと立ち上がり、凝り固まった箇所を解《ほぐ》しながら告げた。

「おつかれ、クムラ。結構順調に進んでいるみたいだね」

「んー……そうだね。半分は終わったから、ペースとしてはいい感じかも」

背凭《せもた》れに身体を完全に預けつつ、クムラは僕のほうへと顔を向けた。

「ヴィルの能力のおかげで、禁書の解呪を飛ばして作業を始められた。凄く助かってるよ、優秀な補佐官君」

「どういたしまして。でも、できればもう少し休憩を増やしてほしいかな。何もできずにクムラの隣に長時間座っているだけっていうのは、結構辛い」

「あー、ごめんね。次からはもっと気を付けるよ」

笑って応じるクムラに、僕は『頼むよ』と一言伝えた。

個人的な要望を言えば、一時間に一度くらいは休憩を取ってほしい。が、流石にクムラはそれをよしとしないだろうから、僕が妥協するしかない。けど、せめて二時間に一度くらいは休憩してくれると凄くありがたいのだが……そこは、クムラに祈るしかない。解読中に話しかけるわけにはいかないので。

頼むよ、と心の中で祈りつつ、クムラに尋ねた。

「内容はどんな感じだった？　アルレイン帝国の秘密とか、書かれてた？」

「今のところ、そういうのはないかな」

木箱の中から取り出したチーズケーキを食べながら、クムラは僕の問いに答えた。

「書かれている内容を要約すると、帝国の成りたちとか、皇族の家系図とか、それを記した皇帝の生い立ちとか……そんなものばかりかな。別に秘密になっているとか、未発見の情報は何も記されていない」

「？　つまり、今のところ大きな成果はないってこと？」

「言ってしまえばそうだね。気持ちが昂《たかぶ》るような発見はなし。けど、心配はしていないよ」

フォークを噛《か》みつつ、クムラは解読文の書かれた羊皮紙の一枚を手に取った。

「禁書や古文書の場合、秘密にしたいことや重要なことは本の最後に記されているものだからね。そのまま書かれているのか、はたまた暗号化されているのかはわからないけど……とにかく、未知の発見に至る可能性は十分に残されてる。最後まで解読してみないと、わからないよ」

「凄い執念というか、情熱というか……」

感嘆の声で言い、僕は机上の禁書を手に取った。

僕はクムラ程、本に対する熱意がない。特に未解読の古文書や禁書を解き明かしたい、という意欲は微塵《みじん》も。読むこと自体は嫌いではないけれど、解読という挑戦をする気持ちは毛頭ないのだ。研究者という仕事は本に限らず、その分野に対して人並み外れた情熱を持ち合わせていないと務まらないものなのだろう。

大きな熱意を胸にクムラは解読を進めているのだから、せめて、この禁書には彼女を喜ばせるような、努力が報われるようなことが書かれていてほしい。知的欲求を満たしてくれる、何かが。

「本当に、ここまで早く解読作業に取り掛かれるのはヴィルのおかげだよ」

先ほどと似たようなことを言いながら、クムラは空になった皿とフォークを机に置いた。

「禁書研究者が喉から手が出るほどに欲しがる能力を持つ君と出会えた私は、本当に幸運だね。記憶が曖昧になるくらいに酔っぱらって、夜の海岸を放浪していた甲斐《かい》があったよ。まさかそこで、運命の旦那様に会うとは思わなかったけど」

「旦那様じゃない。助けてくれたのは感謝しているけど」

否定しつつ当時――クムラと初めて対面した時のことを思い出す。

クムラに助けられたことは事実なのだけど、僕の頭にはその時の記憶は存在しない。というよりも、僕は三年前より以前の記憶を持ち合わせていないのだ。俗に言う記憶喪失というやつで、禁忌図書館の二階にある休憩室のベッドで目を覚ました時のものが、僕の中にある最古の記憶だ。上体を起こした途端、隣にいたクムラが半泣きになりながら『よかった、目を覚まして～!!』と叫び、全力で僕を抱きしめてきた記憶。あの時の彼女の表情や声、抱きしめる力、身体の柔らかさ、そして雰囲気を台無しにするアルコールの鼻を突く香りは一生忘れないと思う。あの時から、彼女の酒癖は健在だった。

その後は色々な状況と思惑が重なり、僕はクムラの補佐官として働くことになったわけである。行く当てもなかったので、彼女から提案された時は二つ返事で了承したけど……今になってみれば、もう少し考えたほうが良かったかも、と思うことがある。まぁ、考えていたとしても、選択は同じだっただろうけど。

懐かしさを覚えつつ、僕は苦笑しながらクムラに言った。

「最初はクムラの魔法が僕の目的を果たすのに必要だから一緒にいたけど……一ヵ月が経過したくらいで、クムラは僕がいないと人知れず死んでしまいそうだから、積極的に君のお世話をするようになったよ」

「あの時の私は生活が終わっていたからね。やりたくもない書類仕事に追われて、そのストレスを解消するために飲酒して、栄養の偏ったご飯を適当に胃に流し込んで……今になって考えると、とんでもない生活していたなぁって思う」

「僕がいなかったら今頃死んでいたんじゃないかな。生活習慣が原因で」

「自分でもそう思う。本当に、ヴィルには感謝だね。身体で報酬を払いたいくらい」

「いらない」

「もう少し歯に衣着せてくれてもいいんじゃないかなぁ～」

楽しそうに笑ってそう言った後、クムラは『ごめんね』と謝った。

「お互いに利になる関係って話だったのに……今のところ、ヴィルには何も返すことができていなくて。私の補佐官になってくれたら、君の願いを叶《かな》えてあげるって約束、全然果たせてないや」

「……仕方ないよ」

いつになく申し訳なさそうに言うクムラに、僕は彼女を慰めるように言葉を返す。

「僕の願いは、クムラの力だけじゃどうにもならないものだ。叶えられるかどうかは、運が大きく絡んでくることだからね。幾ら君が『神が創りし羅針盤』を持っていると言っても、どうにかできるものじゃない」

「でも、私ばっかり施しを受けるのも……不公平じゃない？」

「別にそうは思わないよ」

クムラに近付いた僕は彼女の両肩に手を置き、告げた。

「いつか、僕の願いを叶えることができるようになった時は……今まで僕が君にしてあげたこと以上の働きをしてもらうからね。それに、僕が願いを叶えられる可能性が一番高いのは、この禁忌図書館にいることだからさ。不平不満を言うことはないよ」

それは、嘘偽《うそいつわ》りのない本心だ。僕は今の生活に不満を抱いているわけではない。寧《むし》ろ、それなりに充実した生活ができていると思っている。行く当てのなかった僕に仕事を与え、居場所をくれたクムラに対する感謝と恩義もある。助けられた僕に文句を言う権利なんてない。まぁ、もう少しクムラが酒癖を直して自分の仕事を積極的に片付けてくれるようになったら、とは思うけど……どれだけ望んだとしても、そればっかりは叶わないことだ。

残念だけど。

「……」

僕の言葉を黙って聞いていたクムラはやがて、徐々に頬を紅潮させていき……だらしなく頬の筋肉を弛緩《しかん》させた表情をしながら、肩に添えていた僕の手に自分のそれを重ねた。

「ちょっと今の優しい言葉と表情、凄く心にグッと来ちゃった。気分転換も兼ねて、今から寝室行かない？」

「今日はお疲れ様、クムラ。また明日ね」

馬鹿なことを言いだしたクムラに笑顔で言い残し、僕は足早にその場を離れて出口へと向かう。が、直後に『冗談だから帰らないでよぉぉぉぉぉ』と叫び声を上げながら僕の腰にしがみついてきた駄目天使によって、僕の帰宅は阻止されてしまう。普段は見せることのない俊敏性。

本当に、妙な逞《たくま》しさを持った子だな。一体この子の何処《どこ》に、こんな力があったのだろうか。

驚きと感心を覚えつつ、絶対に離さないという意思が感じられるほどに力強く僕を拘束するクムラの腕を引き剝がし——解読作業を再開するため、彼女と共にソファへ戻った。

曇り空が広がる昼下がり。

「思うんだけど、結婚って良い事尽くしの素晴らしいものなんじゃない？」

王城敷地内の端にある考古学研究所を目指して王城の通路を歩いていると、何の脈絡もなくクムラがそんなことを言った。彼女の片手にはいつものようにアルコール度数の高い蒸留酒が入った酒瓶が握られている。琥珀色《こはくいろ》の液体は既に出発当初の半分ほどにまで量を減らしており、消えた半分の行き先である身体の持ち主の頬は紅潮している。

酔っ払いの戯言《たわごと》だと切り捨てることもできるけれど……今は二人しかいないし、無視すると後々面倒なことになりそうだ。

嫌々ではあるけれど、僕はクムラに顔を向けた。

「そんなこと言っても、婚姻届にサインはしないからね」

「チッ」

「舌打ちは相手に聞こえないようにするものだよ」

露骨に舌を鳴らしたクムラに忠告する。一つの舌打ちが関係を崩壊させることもあり得るのだから、そういう小さな努力はとても大事なことだ。少なくとも、僕は相手に聞こえないよう配慮しながら舌打ちする。しないことが一番良いというのはわかっているのだけど、生きていればどうしても気に食わないことにも遭遇するもの。無理に我慢して鬱憤を溜《た》め込むよりも、微《かす》かにでも発散させたほうがいい。

ヤケクソと言わんばかりに酒瓶に口をつけたクムラは中身を喉に通し、気持ちを切り替えるように言った。

「ぷはぁ……ま、サインはいつか絶対にさせるからいいとして……ただ通路を歩いているだけなのも退屈だし。私の話に耳を傾けてよ、ダーリン」

「ダーリンじゃないし、確定事項のように言わないでよ。あと、僕は大量の書類仕事で割と疲れているから、これ以上疲れる話は勘弁してほしいかな」

疲労の蓄積を感じる肩や首に手を当ててると、クムラは不思議そうに小首を傾《かし》げた。

「凄《すご》く珍しいね。ヴィルが書類仕事でそこまで疲れるなんて」

「流石《さすが》に一日で五百枚以上の書類を片付けたら、疲労も溜まるよ。ところで聞いて驚くかもしれないんだけど、昨日僕が片付けた書類の九割は本来クムラが処理しなくちゃいけなかったものなんだけど、最高司書官様はその辺りのことをどうお考えで？」

「ご苦労！　褒めて遣わすぞ！」

「酒瓶取り上げて窓から投げ捨てるぞ？」

憎たらしいほどの笑顔で告げられた返事に、僕は額に青筋を浮かべた。

何故《なぜ》、僕がクムラの仕事を片付ける羽目になっているのだろうか。補佐官というのはあくまでも大変な最高司書官の業務を補佐する役職であり、クムラの仕事を代わりにやる役職ではないのだ。というか、根本的にクムラは酒を飲み過ぎているから仕事ができないだけだろう。酒を断てば普通に仕事ができるようになる可能性があるので、一度彼女が備蓄している酒を全て処分してみようか。僕の大変さを、少しでも味わってもらいたい。

いや、こんなことでイライラしていたら余計に疲れるな……。

首を左右に振って思考を切り替え、僕はクムラが提示した話のテーマについて尋ねた。

「で？　なんでいきなり結婚が素晴らしいとか言い始めたの？」

「あ、話聞いてくれるんだ。そういうところが好きだよ。いや本当に」

「はいはい」

軽薄な告白を軽くあしらうと、クムラは気分を高揚させた様子で続けた。

「何百回も求婚しているのに、ヴィルが一向に婚姻届にサインをしてくれないからさ。結婚のメリットを教えたら、気が変わるんじゃないかと思ったわけだよ」

「考えが安直すぎる……」

「まぁまぁ。何事も小さなことからって言うしさ」

使い方が違うような気もするけど、今は黙っておこう。クムラの機嫌も良さそうだし。

無言で続きを促すと、クムラは頷《うなず》いた。

「考えたら、メリットが沢山あったんだよ。一人じゃないから孤独感を覚えることもないし、愛する人が温かい食事を作ってくれるし、生活の幸福度も上がる。しかも夜は二人で一緒に愛し合えて、心も身体《からだ》を満たされる。どう？　凄いと思わない？」

目を輝かせながら話すクムラは、興奮気味に僕のほうへと身体を傾かせた。多分、今の彼女は新しいことを発見した子供と同じ感覚になっているのだと思う。革命的だ、センセーショナルだ、オーバードライブだ。心が歓喜の雄叫《おたけ》びを上げて、自分は天才なのではないかと疑っている状態。いや、本物の天才ではあるんだけど。

ただ、そういう状況の子供はメリットにしか目が向いておらず、足元に隠れているデメリットに気が付いていないものなのである。そこは僕が、しっかりと指摘してあげなくてはいけない。

「言っていることは、僕にも理解できるよ。確かに、結婚っていうのは良いことが沢山あるだろうし、だからこそ多くの者は愛する者と結ばれる。幸せになれるっていうところは、僕も否定しない」

「！　ほら――」

「だけど」

クムラの言葉を遮り、僕は腕を組んで反論する。

「必ずしも良いことばかりじゃないから、結婚は人生の墓場って言われているんだと思うよ？」

「……れ、例を挙げ給《たま》え」

自分が言い負かされる未来が見えたのか、クムラは気まずそうに僕から目を逸《そ》らして問うた。自分から僕の間合いに入ってくるとは、大した度胸だ。ではお望み通り、君が目を逸らし続けたものを直視させてあげよう。

「結婚すると家族との時間を最優先にしなくちゃいけないから、自分一人の時間が極端に減るんだよね。趣味に使う時間は減るし、何なら休日も碌《ろく》に休むことができないかもしれない。それに加えて、一人の時とは違って収入が家庭に入るわけだから、自由に使えるお金もかなり減る。欲しいものを我慢しなくちゃいけないのは、結構辛《つら》いことだよね」

「……」

「それに、子供が生まれると自由な時間どころか寝る時間すら無くなるかもしれないんだよ？　疲れ切っているのに、子供が夜泣きする度に起きてあやして、それを繰り返して……身体がもたないと思わない？　あと、クムラは料理できないだろう？　あ、それから――」

その後もデメリットを次々に言い、僕はクムラに現実を教え続ける。この世界にはメリットしかないことなんて存在しないのだ。創世の時代、神は生物に苦しみというものを与えたのだから、それから逃れることは天使だろうと悪魔だろうと、絶対にできない。できることは、苦しみに耐え続けることだけ。

「とまぁ、結婚と言ってもいいことばかりではないね。幸福があれば当然不幸もある。現状、僕は幸福とセットになってついてくる不幸を受け入れる気はないかな」

「うぐぬ……この堅物め……」

奥歯を噛《か》んだクムラは悔しそうに言い、僕を指さした。

「じゃ、じゃあ、子供は二人とも落ち着いて、欲しくなったらにすればいいんじゃないかな？　私は待てるよ？」

「いやだから、子供が云々《うんぬん》じゃなくて、そもそも僕はまだしばらくは一人でいたいんだって」

「こんな美少女の身体を好き放題できる権利を放棄してでも!?」

「君がそういうことを言っている間はしないかなぁ」

どれだけ自分の容姿に自信があるのだろうか。いや、確かに自分が可愛《かわい》いのをわかっていて『えー？　私可愛くないよ～』とか言っているような子よりはいいけどさ……でも、女の子は見た目よりも中身、一緒にいてどれだけ楽しいと思えるか、だ。

とりあえず、第何次かわからない結婚するしない論争は、僕の勝利ということで。これで全勝無敗。今後も負ける気は一切ない。負ける時は僕がクムラの婚姻届にサインをした時だ。

勝利の余韻に浸る僕とは対照的に、敗者の苦渋を舐《な》めたような表情のクムラは、頬を膨らませながら言った。

「そこまで頑《かたく》なに拒絶されると、流石に私も傷つくんですけど……あ、もしかして、結婚式でのキスが恥ずかしいの??」

「なんでそういうことになるのかがよくわからないんだけど。そんなわけないだろ。キスの一つや二つで動じることはない」

「とか言いつつ、魔法を使うために私とキスする時、いつも顔を真っ赤にしてるじゃん。見てるこっちの欲望を刺激する、可愛い表情で」

「……さ、到着したから気持ちを切り替えるように」

「あー、はぐらかした～」

戦略的撤退を選んだ僕に不満を言うクムラを無視し、視界に入った黒い扉の前で立ち止まった。扉の上部には『考古学研究所・禁書班室』と書かれた札が貼られている。

王国の英才たちが集う考古学研究所は国内に幾つもの研究所・研究室を持っており、ここはその内の一つである。

ノックをし、僕は扉を開けて中に足を踏み入れた。

「お邪魔します」

小声で言いながら入った部屋は、如何《いか》にも研究室といった雰囲気。そこかしこに乱雑に積み上げられた本や書類に、万年筆や羽根ペンなどの文房具。修復用と思《おぼ》しき聖油や色とりどりのインクが入った小瓶が並べられている机もある。先ほどから鼻腔《びこう》を擽《くすぐ》るのは、古紙と珈琲《コーヒー》の香りが混ざった独特な匂い。同じく本を取り扱う禁忌図書館とは、また違った空気が漂っていた。

そんな、直接的に言えば散らかっている部屋の奥にある椅子に腰かけ、資料と思しき本を開いていたファムは入室した僕たちに気が付き、読書を中断してこちらに駆け寄ってきた。

「こんにちは。態々《わざわざ》ご足労いただき、ありがとうございます。本来であれば、私が図書館に出向かなければならない立場ですのに」

「構わないよ。寧《むし》ろ、丁度いい気分転換になったかな。何時間も図書館の中にいると、外の空気を吸いたくなるから……ん？」

そこで、僕はファムの顔をジッと見つめ、問うた。

「ファム……目元に隈《くま》が出来ているけど、もしかして眠れてないの？」

「！」

指摘されて初めて気が付いたのか、ファムは咄嗟《とっさ》に自分の目元を隠すように手をやり、ぎこちない笑みを浮かべながら言った。

「え、えっと……ちょっと最近、古文書の解読作業が忙しくて、睡眠時間が少なかったもので。嫌だなぁ、ヴィル様にこんな顔見られちゃって」

「大丈夫？　具合悪いなら、また後日に――」

「い、いえ、ご心配なさらず！　お話が終わったら、少し仮眠を取りますので！」

焦ったようにそう言って、ファムは『どうぞこちらへ』とソファのほうに僕たちを案内した。

ファムの慌てた様子には少し違和感を覚えたものの、僕は特に気にしないことにした。

研究者に徹夜は付きものであり、それこそ忙しい時なんかは、二日や三日の徹夜は常識と知人から聞いたこともある。若いとはいえ、ファムも一端の研究者。才覚を認められてこの世界に飛び込んだ、優秀な存在なのだ。あまり、不必要に心配しないほうが彼女のためになるのかもしれないな。クムラも解読が難航している時には放っておいてもらえるとありがたい、と言っていたし。そうすることにしよう。

クムラと並んで案内されたソファに腰を落とす。と、対面に座ったファムは一度クムラを見やり、そして苦笑交じりに言った。

「クムラ様は……相変わらずですか」

ファムの視線はクムラがソファの前の机に置いた酒瓶に向けられている。相変わらずというのは、いつも通り飲酒しながら仕事をしているのですね、という意味だろう。というか、それ以外にない。

さて、なんて返す？　僕が興味深く視線をクムラに向けて返答を待っていると、彼女は何故か得意げな笑みを浮かべ、自分の顎を指先で撫《な》でた。

「いやぁ、天使も悪魔も、短時間では変わることができないからね。変化には常に、膨大な時間を必要とするものなんだよ」

「そうやって自分の飲酒を正当化しようとしない。というか、クムラの場合は変わろうとする努力を何一つやっていないじゃないか」

「時には停滞する勇気も必要だからね」

「常に停滞する気満々の天使に言われてもね」

次から次へと屁理屈《へりくつ》を連ねるクムラに、僕は呆《あき》れて溜《た》め息《いき》を吐《つ》いた。飛躍的な進化を遂げろと言うつもりはないけど、せめて酒を止《や》める努力はしてほしい。クムラに出会ってからそれなりの年数が経過したけど、そういう努力が見られた試しは一度もない。肝臓を年中無休で痛めつけているので、もっと休暇を与えてあげなさい、と本気で思う。

どうにかならないものか、と小さくぼやいた時、クムラを見ていたファムがポツリと言った。

「昔はこんな感じではなかったんですけどね」

「！」

「え、そうなの？」

呟《つぶや》きに、僕は一気に興味が引き寄せられた。

詳しい関係性は知らないけれど、ファムはクムラとの付き合いが僕よりも長いのだ。それこそ、クムラが僕と出会う以前——三年前よりも以前の彼女と交流がある、数少ない人物の一人でもある。

僕と出会う前、酒を相棒と呼び信奉する前のクムラは、一体どんな少女だったのか。

好奇心と興味を刺激する問いの答えを、僕はファムに求めようと口を開く。が、肝心の言葉を発する直前、普段は聞かないような低い、真剣な声音でクムラがファムに言った。

「ファム。他人の過去を勝手にバラそうとしないで。それは私がヴィルと情熱的な一夜を共にした時に話すつもりなんだから」

「……相変わらず自分の思惑が全て叶《かな》うと思っているようですね。最高司書官だからって、全部が自分の思う通りになるわけではないんですよ？　ヴィル様は貴女《あなた》の思い通りに行かない男性であることは、貴女が一番理解しているはずでは？」

「勿論《もちろん》理解しているよ。けれど、そんな彼を自分のものにしてこそ、この愛が本物であることが証明できる。つまるところ、これは神からの試練であると同時に祝福なんだ。私が幸福な人生を送るためのね」

「何が祝福ですか。酒に溺れる者は試練の前に崩れ落ちる、と神は仰せられているんです。クムラ様には試練を超えるどころか、挑戦する資格すら――」

「はい、そこまでね」

ヒートアップしてきた両者の間に、僕は冷静に割って入った。これ以上の言い争いになると、収拾がつかなくなる。今日の目的は喧嘩《けんか》ではなく、仕事の話をすること。不毛な言い争いは無用だ。

「前にも同じことを言ったけど、二人はもう少し落ち着いて対応すること。売り言葉に買い言葉だと、子供の喧嘩にしかならないよ。今は仕事中であることを念頭において、やり取りをするように。いいね？」

「「……」」

僕の簡単な説教に、二人は渋々納得した反応を示し、ソファに座り直した。この二人、仲が悪いわけではないのだけど……何処《どこ》か馬が合わない。傍《はた》から見ている分には面白いのだけど、流石《さすが》に話を脱線させたままにするわけにはいかない。

二人が落ち着き、冷静になった頃を見計らって、僕は持参した鞄《かばん》の中から一つにまとめた紙束を取り出し、それをファムに手渡した。

「はい。『帝録写本』の解読文。クムラが自分の仕事である数百枚の書類仕事を全て僕に丸投げして解読した努力の結晶だから、失《な》くさないようにしてね？」

「数百枚って……ちょっとヴィル様の扱いが酷《ひど》すぎませんか、クムラ様」

「最高司書官の補佐官っていうのは大変な役職なんだよ。これも自らに課せられた試練だと思って受け入れてほしいね。具体的には私みたいなアルコール依存症の下についてしまったことを。あとでキスして慰めてあげるね」

「いらない」

即答で拒否し、僕はクムラから少しだけ身体《からだ》を離した。物凄《ものすご》く嫌というわけではないけれど、一度一線を越えてしまうと、クムラは歯止めが利かなくなりそうで怖い。現状はこれまで通りに過ごすのが吉だ。

距離を空けた僕に『ねぇ、なんで少し離れたの？』と割と本気でショックを受けた様子で説明を求めるクムラに『アルコールには人を遠ざける効果があるらしいよ』と嘘《うそ》を言ってはぐらかしていると、受け取った解読文をパラパラと捲《めく》っていたファムが満足そうに言った。

「とにかく、解読ありがとうございました。一読した後に所長のほうへと持っていき、内容の公開準備に入らせていただきます。新たな禁書の発見ですから、きっと多くの人が待ち望んでいると――」

「そのことなんだけどさ」

やや興奮気味に言葉を連ねていたファムを遮り、クムラは彼女に掌《てのひら》を向けた。

「内容の公開については、少し待ったほうが良い。少なくとも、国の上層部からの許可が出るまではね」

「……何か、まずいことでも書かれていたのでしょうか？」

「流石に察しがいいね」

細やかな称賛の言葉を贈り、クムラは続けた。

「簡単に言ってしまえば、書かれていたのは禁書を作ったアルレイン帝国皇帝の秘密。詳細は読めばわかるから省くけど……公にされると、今の皇族もちょっとだけ恥ずかしい思いをするかもしれないね」

「恥ずかしい、ですか？」

「うん。別に名誉が傷つくとかではないけど、場合によっては侮辱したと受け取られるかもしれない。そうなると、ブリューゲル王国との間にある軋轢《あつれき》が今以上に深まることになる。色々と面倒な外交問題に発展する可能性もあるよ？」

少しばかり、脅すようにクムラは言った。

国家間の問題というのはとても繊細なもので、微《かす》かでも相手側が不快に思えば問題になる。特に、それが一国の元首が不快に思うことであれば……元首の一声で、戦争が始まってしまう。

今回の禁書に記されていたのは、そういった問題を引き起こす可能性を孕《はら》んだもの。取り扱いには、十分に注意しなくてはならないものだ。

しかも、とクムラは更に言葉を連ねる。

「この『帝録写本』なんだけど……複数冊で構成されている可能性が高い」

「それって、上下巻構成とかかもしれないってこと？」

僕の確認に、クムラは頷《うなず》いた。

「解読中に思ったことなんだけど、ところどころ変な箇所があったんだよね。文章の始まり方も違和感があったし、初出ワードが既出のように記されている部分もあった。他にも関連する本があるとすれば、違和感の箇所にも納得ができるんだよ」

「……」

推察を口にするクムラを、ファムはジッと見つめていた。視線に宿している感情は驚きや羨望……そして、何だろう。僕が読み取ることのできないものが含まれていた。同じ研究者としての格の違いに打ちひしがれているような、そんな感情。

上手《うま》く言い表す言葉が見つからずに、僕は隈を作ったファムを観察する。と、そこでクムラが室内の八方に視線を飛ばした。

「そこらへんについて、ここの天才幼女様に意見を聞きたかったんだけど……今日はいないの？」

「！　あ、その、エミィは休憩室で爆睡しています」

申し訳なさそうに、ファムは俯《うつむ》きながら続けた。

「お二人が来られることは伝えていたんですけど、徹夜で古文書を解読して疲れたから寝る、と。天才とは言われても身体は幼いですから、睡魔には勝てなかったみたいです」

「そりゃあ、十歳だからね。睡眠は大人以上に多く取らなくちゃいけないよ。その年で徹夜とかしちゃうと、身体の成長に影響が出るだろうし。ゆっくり休まないと」

「ま、とにかく仕方ない。意見交換はまた今度にしよっと」

潔く諦め、クムラは後頭部で手を組んだ。

「なんにせよ、内容の公表は国の上層部とよく相談してからにしたほうがいい。面倒なことに巻き込まれたくなかったらね」

「了解しました。一旦、公表は保留ということを所長にも伝えておきます」

メモ用紙に万年筆を走らせるファムを見つつ、僕は会ったことのない考古学研究所の所長を思い浮かべた。どんな人なのかはわからないけど、変人が多く犇《ひし》めく研究所を纏《まと》める者。内容公開の保留も、冷静に受け止めてくれる人物であることを願うばかりだ。

持っていた解読文が記された紙を机に置き、その後。ファムは僕たちと少しの雑談に花を咲かせた。楽しそうに笑ったり、クムラの仕掛けた挑発に乗って軽い喧嘩をしそうになったり、仲裁に入った僕へ申し訳なさそうに謝ったりと、終始表情を変えながら充実した時間を過ごした。

その時間はとても有意義で、僕としても楽しいものだったのだけど……部屋を後にするまで、ファムがとてもぎこちない笑みを無理矢理浮かべていた理由を見つけることは、できなかった。

◇

「まるで子猫の喧嘩みたいだったね」

研究室を出た後、僕は赤い絨毯《じゅうたん》が敷かれた王城の廊下を進みながら、隣を歩くクムラに声をかけた。その内容は、先ほどまで研究室で繰り広げられていた、クムラとファムによる舌戦の感想。

それを聞いたクムラは、やや恥ずかしそうに『いやぁ』と言い、銀糸の髪を指先で弄《いじ》りながら言葉を返した。

「長い付き合いだからか、ファムに対しては売り言葉に買い言葉になっちゃうんだよね。見知った間柄だからこそ、理性じゃなくて感情に身を任せてしまうと言うか」

「あー……確かに、さっきのクムラは普段見ないくらいに感情的になっていたね。声を荒らげるようなことはなかったけど」

十数分前の舌戦だけではなく、これまでに何度か目撃している二人の口論を思い返した。クムラもファムも、両者ともに他者と揉《も》め事《ごと》になった場合は感情を抑制し、理性的な話し合いをすることが多い。互いに知能が高いからこそ、激高することの愚かさを理解しているのだろう。

が、この二人が面と向かって言い争いを始めると、感情の抑制機能が停止する。心に抱いた感情を隠すことなく表に出し、思ったことをすぐに言葉にして相手へとぶつけるのである。言い方は悪いかもしれないが、両者ともに幼稚になるというか、野性的になるというか……前述の通り、子猫の喧嘩みたいになる。傍《そば》にいるのが僕だから笑っていられるけど、他の人なら空気が凍り付く。特に最高司書官――いや、魔導姫であるクムラを怒らせることに対して。

特殊というか、歪《いびつ》というか、二人が犬猿の仲になってしまった原因は何なのだろう。気になった僕がクムラに尋ねると、彼女は悩ましそうに顔を顰《しか》めた。

「う～ん……学生時代から顔を合わせる度に言い合っていたから、あんまり憶《おぼ》えてない」

「学生時代？　え、二人って同級生だったの？」

「あれ、知らない？」

「初耳だよ」

これまで聞いたことのなかった二人の関係性に驚きつつも、なるほど、と僕は納得した。同じ学《まな》び舎《や》で勉学を共にした同級生というのは、赤の他人とは違い、必要以上に気を遣わないもの。役職や立場は違うが、見知った間柄ならば多少口が悪くなり、感情に身を任せてぶつかり合うこともあるのだろう。

へぇ、そうだったんだ……。

意外な事実に頷いていると、クムラは詳細を話した。

「同級生って言っても、一年だけなんだけどね。ファムは私より二つ年上で、私が飛び級した時に同じクラスになったんだよ」

当時の記憶を思い起こすようにクムラは天井を仰いだ。

「懐かしいなぁ。お互い天才って言われるくらいに成績がズバ抜けていたから、最初は意気投合して仲良くなったんだけど……段々、意見だったり成績だったり、色々な要因が重なって、互いに互いが気に食わなくなってさ」

「対立するようになったんだ」

「いや、あれは対立という感じじゃないよ。なんていうか、親の仇《かたき》に近い感情？」

「それは流石に嫌い過ぎじゃないかな……」

「本気で嫌っているわけじゃないよ。ただ、顔を合わせると無性に喧嘩を売りたくなると言うか……特に、ファムのほうは私を凄く意識していたと思う。あの子がどれだけ優秀な成績を叩《たた》き出しても、常に私が上にいたからさ。宿命の相手、みたいな」

「随分と特殊な関係なことで――」

そこで、王城で働く数人の若いメイドとすれ違った。

黒を基調とした使用人服を身に着けた彼女たちは、僕らを目に留めるとその場に立ち止まり、敬意を払って深く頭を下げる。相手に不快感を与えない柔和な笑みを浮かべる様は、まるで人形のように思えた。

メイドたちが頭を下げている相手は僕ではないが、何となく、僕は彼女たちの横を通り過ぎる時に会釈をする。何のリアクションもせずに無視して通り過ぎるのは、可哀想《かわいそう》だと思ったから。

彼女たちの横を通り過ぎてから、数十秒後。その場から立ち去る小さな足音を聞いた僕は、隣で不愉快そうな表情をしているクムラに言った。

「いい加減慣れなよ、クムラ。君は全司書の頂点に立つ最高司書官であり、全魔法師の頂に君臨する魔導姫なんだから、王城関係者から畏敬を向けられるのは当然のことだよ」

「わかってるけど、私はこんなことを望んで最高司書官やら魔導姫やらになったんじゃないんだよぉ……この肩書きのせいで、ファムも態度が変わっちゃったし」

「ファム？」

「そう。私が最高司書官になった時、露骨に態度を変えたのはあの子だよ」

嫌な過去を思い出すように、クムラは肩を落とした。

「昔は私に敬語なんて使ってなかったし、ましてや『クムラ様』なんて他人行儀な呼び方をしていなかった。親友なんて呼べる間柄ではないけど……でも、壁を作られると悲しいんだよ。自分が知らない内に、距離ができていたんだって、思い知らされた」

寂しそうに言い、クムラは片手に持っていた酒瓶に口をつける。

先ほどのメイドたちが頭を下げたように、最高司書官は多くの者から敬意を向けられる立場だ。ブリューゲル王国の宝である図書館に対して絶対的な権限を有しており、その地位は大臣にも匹敵する。クムラは以前のように接してきてほしいと願っているのだろうが、世間的なことを考えれば、それは不可能なことなのだろう。幾ら学生時代を共にした者だとしても、今のファムは一介の研究者だ。知恵と知識を司《つかさど》る機関の頂点にいるクムラとは、あまりにも立場が違う。

でも、と、僕はつい先ほどの二人の会話を脳裏に浮かべた。

「たとえ言葉遣いや呼び方は変わったのだとしても、だよ。さっきの二人を見る限り、二人の間に大きな壁があるようには思えなかったけど」

「それは君が第三者だからだよ。当事者である私からすれば、隔たりが昔よりも大きくなったように感じる。立場とか気にせず、昔みたいに付き合ってくれたほうがありがたいんだけど……ファムは昔から堅物だからね。一度自分で決めたことは、相当なことがない限り曲げようとしないんだ」

「あー……」

クムラの言っていることは、曲がりなりにも彼女と付き合いのある僕には理解できた。ファムはとても生真面目な性格をしており、途中で意見を変えることを極端に嫌うタイプの子だ。クムラが幾ら昔のようにしてくれと頼んでも、彼女は絶対に今の接し方を変えることはない。かつては佞悪醜穢《ねいあくしゅうわい》な種族と呼ばれていた悪魔族には似つかわしくないほど、清廉潔白。正直面倒くさい――いや、やめておこう。この場にいない女性の性格を悪く言うのは、あまりにもマナー違反が過ぎる。

あの融通の利かない性格も、彼女の個性として認めなければ。

「まぁ、でも？　ファムにちょっと距離感のある態度を取られるようになったのは癪《しゃく》だけど、最高司書官になったおかげでヴィルという運命の人に出会うことができたからね。友人を一人失っても大量のおつりが来るくらいだよ」

「その台詞《せりふ》で感傷的な場面が台無しだよ」

「まーまー。ファムの態度が変わって悲しいのは本当のことだよ？　だから、今すぐに私と結婚して毎日思う存分私が満足するまで慰め続けてよ！」

「そういうことを元気に言える時点で慰めなんていらない――こら、腰に抱き着くな……噛《か》まないでよ!?」

僕の腰に抱き着くだけでは飽き足らず、剝がそうと伸ばした僕の腕をクムラは甘噛《あまが》みした。哀愁漂う空気は一体何処《どこ》に消えてしまったのか。全然元気そうだし、何ならファムのことなんて一切気にしていないんじゃないかとすら思えてくる。というか気にしてないだろ。気にしている人はこんな元気いっぱいに抱き着いてこないし、僕の腕に歯形が残るようなことはしてこない。

しかし、引き剝がそうとする僕に全力で抗《あらが》うクムラは、中々離れてくれない。正直、ここまで頑固になられるとこちらとしては手の施しようがないのだ。強引に剝がして怪我《けが》をさせては大変だし、全身の力が抜けてしまうほど酷《ひど》いことを言うこともできない。

そうこうしている間にも、王城の廊下を歩く様々な人から好奇の視線が向けられ続ける。彼らの目は変質者を目撃した時のものではなく、まるで公園で遊ぶ小さな子供を見つめるような温かいもの。それが……子供と同じ目で見られていることが、逆に僕の羞恥を加速させる。

とにかく、一刻も早くここから立ち去らねば。

その思いを胸に、僕はクムラを強引に引き摺《ず》ったまま図書館に帰ろうと決意した——その時。

「そこのお二方」

「「！」」

凛《りん》とした声がかけられ、僕とクムラは動きを止めて、その方向へと顔を向けた。

そこにいたのは、何処か近寄り難い雰囲気を纏う、美しい女性。淡い翠色《みどりいろ》を含んだ艶やかな長い白髪と、内で光を乱反射させて輝く緑玉の双眸《そうぼう》。均整の取れた肢体には純白の修道服を纏っており、その衣装がより彼女に清楚《せいそ》な印象を抱かせる。背中と頭上には天使の象徴が一つずつ、存在を主張していた。

聖女。

見ているだけでその単語が頭に思い浮かぶ彼女は僕たちのほうへと歩み寄り、感情の読み取れない表情を一切崩すことなく言葉を連ねた。

「ここは王族の住まう神聖な王城。幾らお二人が王国における重要人物であるからと言っ

て、多くの者の目がある通路の中央で淫らな真似《まね》は許しません」

悪戯《いたずら》をした子供を叱り、反省を促すように僕たちへ言った女性。彼女の言葉は正しく、反論する余地もない。王城での態度は、今後しっかりと改めなくてはならない。

大きな声を出すことなく、静かに図書館への帰路に就こう。優しい叱責の言葉を胸に浸透させ、気持ちを改め、眼前の聖女へ謝罪と共に頭を下げようとする。が、その前に、聖女は無表情を維持したまま、僕らへ顔を近づけて言った。

「クムラ様だけがヴィル様を堪能するのは不公平ですので、私にも後程、ヴィル様の身体《からだ》を楽しませていただきます」

「御免被ります、聖女様」

僕は満面の笑みを作り、即答で拒絶の言葉を口にした。

面倒な人に遭遇してしまった。相変わらず、見た目と中身が一致しない。一見すると清楚の塊のような人なのだけど、その中身は思春期の少年のように煩悩で埋め尽くされている。涼しい澄ました表情をしている時も、大抵は頭の中で煩悩に塗《まみ》れたことを考えているに違いない。聖女の名が泣く。

早々に別れの挨拶をして禁忌図書館に逃げ込みたい衝動に駆られていたのだが、女性の言葉に『聞き捨てならん』と闘志を剝《む》き出しにしたクムラが僕から身体を離し、好戦的な笑みを浮かべながら女性と相対した。

「久しぶりだね〜、聖女シスレ。相も変わらず頭の中は煩悩で支配されているみたいで何よりだよ。ところで、一体誰の許しを得て私のヴィルを美味《おい》しくいただこうとしているのかな？」

「ヴィル様はクムラ様の所有物ではないので、許可など不要なはずです。私が彼を美味しくいただきたいと望んだ時点で、許されることでしょう」

「許されないですー！　ヴィルを余すことなく堪能するための作法も知らないような無知聖女が手を出そうなんて傲慢にも程があるんだから」

「ヴィル様に仕事を丸投げして、一日中アルコールに肝臓を浸らせているクムラ様に権利や作法を説く資格はないと思われますが。そんな酒癖で、お腹《なか》に子供を宿した時にどうするのですか？」

「だ、大丈夫だし。その時は……ヴィルの愛情を摂取して持ちこたえるし」

「ブリューゲル王国の乙女たちが焦がれ求めるヴィル様の×××をクムラ様の〇〇〇だけが味わうなんて許されることではありません。国家の財産は民の間で平等に配分されるべきです。私の〇〇〇も味わう権利があるはずです！」

「ヴィルの×××は国家の財産じゃないから！　未来永劫《みらいえいごう》私だけが堪能することのできる個人財産だから！」

「その認識が間違っていると言っているのです。そもそも彼はクムラ様の――」

　隣にいる僕のことを完全に忘れているのか、二人は廊下に響き渡るほどの大きな声で言い合いを展開する。第三者がいるところでは決して口にしてはならない卑猥《ひわい》な単語を躊躇《ためら》うことも、恥じらうこともせず、彼女たちは幾度となく連発した。近くを通り過ぎるメイドたちは好奇に満ちた視線を二人に向けた後、話題の中心である僕へと目を向け若干頬を赤らめる。僕は何もしていないのに、流れ大砲を喰《く》らっているのだ。

さて、クムラとシスレ、二人が僕に気が付くのはいつになるのか。

意図せずして浮かんだ微笑をそのままに二人を見つめ続けていると、それに気が付いたのか、不意に二人が会話を止めて僕のほうへと顔を向けた。

「あ、あの、ヴィル？　何だかいつになく底冷えするような微笑《ほほえ》みを浮かべていらっしゃるけど……」

「……」

こちらに意識を向けた二人の目は、明確な脅《おび》えを孕《はら》んでいた。

忘れているかもしれないけど、ここは王城の廊下であり、関係者などの往来が激しい場所だ。そんな場所で昼間からするようなものではない卑猥な会話が大きな声で展開されていては、注目を集めるのは必至。何も知らない者が偶然この光景を目の当たりにして、この会話を聞いたら、どう思うか。

十中八九、痴情の縺《もつ》れに聞こえることだろう。

そんな醜態を晒《さら》す二人の中心に、無関係な僕がいるわけだ。何も関係しておらず、ただそこにいるだけで変態、最低、二股野郎なんて痛い視線を受けることになる。

この現実も踏まえ、僕は冷え切った微笑を浮かべ——鋭く、人を突き殺すことができそうなほどに鋭利な視線を二人に向けた。

「なぁ、二人とも……一回、翼もがれてみる？」

二人が勢いよく頭を下げたのは、一秒後のことだった。


僕は二人を連れて逃げるようにその場を離れ、人の少ない王城の庭園に足を運んだ。季節の花々が可憐《かれん》な花弁を咲かせ、新緑に染まる木々が青々とした実を吊《つ》るしている光景が目に映る。噴水の水は透き通っており、空で燦々《さんさん》と輝く日光を受けて光り輝いていた。

そんな一流の庭師が手掛けた、一級品の庭にて。

木製のベンチに並んで腰を落とす二人の少女の前に立った僕は腕を組み、悪戯をした子供を叱る口調で言った。

「反省しましたか？」

「「申し訳ございませんでした」」

揃《そろ》って同じ言葉を口にしたクムラとシスレは、流石《さすが》に堪《こた》えた様子で肩を落とした。

たった今、先ほど王城の廊下で二人が繰り広げていた会話に対する説教が終わったところだ。具体的な内容としては、人目につく場所で下品な会話をしないこと、二人とも人の上に立つ立場にある天使である自覚を持つこと、自分たちは常に誰かに見られているという意識を持つこと、などなど。いずれも、この二人に圧倒的に欠けているものだ。それを再認識させることができたというだけで、説教をした甲斐《かい》はあるといえるだろう。彼女たちがそれを糧にするかどうかは、別として。

僕から怒気が消えたことを察してか、シスレが自分の翠色の髪に触れながら言った。

「怒っている最中のヴィル様は、心臓に悪いくらいに恐ろしいですね」

「うん。正直怖すぎて漏らすかと思った」

「えぇ。同時に、私は普段は感じられない背徳感でヌルッとしたものが――」

「ねぇ本当に説教聞いてました？」

早速説教が意味をなさなかったのではないかと思える言動をしたシスレに言うけれど、彼女は真《ま》っ直《す》ぐに僕を見つめ、不満そうに唇を尖《とが》らせた。

「ここは先ほどの廊下とは違い、周囲にあまり人がいません。それに、私は国を守護する聖女として、普段は他の者たちに示しがつくよう、常に気を引き締めているのです。滅多に気を抜いて他者に接することができないのですから、お二人の前でくらい、肩の力を抜いてもいいと思います」

そこで一度言葉を止めたシスレは自分の肩を揉《も》みつつ、深い溜《た》め息《いき》と共に、愚痴のようなものを零《こぼ》した。

「魔導姫も、楽ではないのです」

「そ、それを言われると……」

何も言い返すことができず、僕は押し黙るしかなかった。

彼女――シスレ＝エーデンベルムは、ブリューゲル王国が誇る二人目の魔導姫である。正確にはクムラよりも早く魔導姫になったので、一人目と言ったほうが適当だろう。年齢はクムラと同じく十七歳。僕は自分の年齢がわからないので、彼女が年上か年下か判別することはできないが……何となく、多くの人から尊敬と信頼を集める姿から、年上だと思っている。そうなるとクムラも年上のようになってしまうのが癪だが、彼女は精神年齢が明らかに年下。そう思うことで、一抹の不満を誤魔化すことができていた。本来、魔導姫は僕なんかが気さくに接していい相手ではないのだけど……クムラはこんなだし、シスレとは既に仲良くなってしまっているので、今更か。

聖女として多くの者を束ねる重圧、疲労は計り知れない。彼女のことを考えるならば確かに、気の置けない間柄である僕たちの前では肩の力を抜かせてあげてもいいのかもしれない。僕も大きな心を持って、受け入れてあげるべきか。

と、そう考えたのだが――。

「まぁ、ヴィル様にお会いすると気持ちと肩が軽くなる代わりに、欲望を抑えるのが大変になりますけど。気を抜くと押し倒した挙句に、誰もいない密室に連れ込んでしまいそうになります」

「わかる～」

妙なことを宣《のたま》うシスレに、酒瓶を片手に笑いながら同意するクムラ。二人の様子を見て、僕は首を左右に振った。

気を抜き過ぎとは言わない。普段の疲労をここで僅かでも解消していると言うのならば、彼女の好きにさせてあげたほうが良いとも思う。けど、彼女を慕い頼る者たちのことを考えると、肩の力を抜かないほうが良いのではないかと思えてくる。聖女って、こんな頭の中が煩悩でパンパンになっている人でいいんだっけ？　聖じゃなくて、性でいっぱいなんですけど。

いや、でもストレスを爆発させて変なことをされるよりはマシなのかもしれない。

そう思い直し、僕は諦めの声で告げた。

「肩の力を抜くことは構いませんけど、自重はするようにしてください」

「できるだけ頑張ります」

「そこは約束しますって言ってほしかったなぁ……」

返ってきた答えにがっくりし、項垂《うなだ》れる。

どうして僕の周りには、こんな変な女の子しかいないのだろうか。神様は一体、僕にどんな十字架を背負わせているのだろう。五トンくらいある気がするんですけど、ちょっと勘弁してもらっていいですか？

これまで普通と呼べる女の子との出会いがないことを神様に問うていると、シスレの溜め息が聞こえてきた。溜め息を吐《つ》きたいのはこっちなんですけど……。

「ヴィル様は本当に罪な方ですね。今一度、自分がどれだけ多くの女性たちの子宮を疼《うず》かせているのかを考えてください」

「そんなことを考えたことは一度たりともないし、何ならそんな女性は存在しない――おい待て、無言で手を挙げるなそこの二人」

否定した直後に真顔かつ無言で右手を挙げた二人に手を下ろすよう促す。もうやだ、何なのこの天使たち。

「……仮にいるのだとしても、それは僕がどうこうできる問題じゃない。シスレは僕に、常に顔が見えないようにマスクを装着していろとでも言うのですか？」

「いえ、私が言いたいのはそういうことではなくてですね」

「？」

言いたいことが理解できず、僕は首を捻《ひね》る。逆にシスレのほうも、適当な言葉を見つけることができず、もどかしそうに首を傾けていた。

これは、言葉選びに時間がかかりそうだな。

そう思い、僕は一度庭園を見回すように視線を動かし――とある方角に顔を向けた時、気が付いた。

王城で働いていると思われる数人の若い女性が、こちらをジッと見つめていた。恐らく、王城だけでなく王都全体でも顔が知られている聖女シスレと、最高司書官であるクムラが一緒にいることが珍しい――いや、違うか。

頭に浮かんだ考えを即座に否定した。

彼女たちが向ける視線の先は、明らかに僕だ。ベンチに座っている二人には一切照準が定められていない。であれば、彼女たちが僕を見ている理由はきっと——。

参ったな。そんな気持ちを向けられても、僕は応えることができないんだけど。

女性たちの熱っぽい視線から一つの結論に辿《たど》り着いた僕は困りつつも、気づいていながら無視をするのは可哀《かわい》そうかなと思い、女性たちに向かって片手を振った。途端、彼女たちは各々の背中に生えた翼をピンと伸ばし、嬉《うれ》しそうな笑みを浮かべてこちらに手を振り返した。彼女たちの顔は、若干赤に染まっているように見える。

「あー、それそれそれ。シスレちゃんが言いたいのはそれだよ、ヴィル」

呆《あき》れた口調でクムラは言い、とても不機嫌そうな表情を作った。

「ちょっと目を離すとすぐにこれなんだから」

「これって何だよ。こっち見てたから手を振っただけだろう」

「十分かと」

すかさず、シスレが半分に細めた目と共に言った。

「国の至宝とも呼ばれる美少年が最高級の宝石にも等しい微笑みと共に手を振ってきたら……正常な乙女ならば全員即座に失禁します」

「んなわけあるか」

即座にツッコミを入れるが、シスレはそれをガン無視して続ける。聞いてよ。

「ヴィル様の行動は確実に、若い乙女を恋の奈落に突き落としています。その辺りのこと、今一度考えたほう良いかと思いますが？」

「別に僕は恋に落とすつもりでやってるんじゃないよ。まぁ、鈍感じゃないから、それっぽい視線には気づいているけどさ」

「じゃーどーゆーつもりで手を振っていたんですかー？」

言ってみろよ、とでも言わんばかりに腕を組み問うてくるクムラ。その態度は一体何なんだ、と言いたくなる気持ちを抑え、僕は自分の行動を振り返った。先ほどの行動を取った、理由を。

「……街中で小さい赤ちゃんがジッと見てきたら、笑顔で手を振るだろう？　多分、あれと同じだよ」

「相手は赤ちゃんじゃないじゃん」

「でも、見ているのに気が付いているんだから、無視するのも薄情だと思わない？」

「その優しさのせいで叶《かな》うことのない恋に囚《とら》われ、ベッドの上で枕とシーツを濡《ぬ》らす若い蕾《つぼみ》たちが大勢発生するわけです。どう責任を取るおつもりで？」

「その責任を僕に押し付けるのはどうかと思います、聖女様」

幾ら何でも横暴過ぎる。あと、聖女らしい言動を心掛けろと説教したばかりなのに……一度、シスレには聖女の在り方というものを一週間くらい叩《たた》き込んだほうがいい気がしてきた。現状の彼女は、清らかな心とはかけ離れてしまっている。濁り過ぎだ。

僕が本気でそんなことを考えていると、シスレが声に呆れを含ませて言った。

「悪びれる素振りもなければ、悪気もない……ですか。ヴィル様がそんなだから、勝手に王国美少年ランキングに投票されるんですよ？　栄えある第一位、おめでとうございます」

「そうだそうだ。ヴィルはもっと自重して、さっさと婚姻届にサインしろ～」

「少しは女の子の気持ちを考えて、言動を慎んでください。貴方《あなた》の容姿と笑顔は乙女には毒すぎる。わかりましたか？」

「なんで僕が説教されてるんだよ」

釈然としない気持ちを前面に押し出し、僕は眉を顰《ひそ》めた。

妙だな。数分前まで僕が二人に対して倫理観やら何やらを説いていたはずなのに、いつのまにか立場が逆転している。しかも、僕には説教をされる理由もないのに。色々と反論したい気持ちはかなり強いのだけれど……ここで執拗《しつよう》に文句を言うと、二人がかりであることないこと言われそうだ。ここは精神的に最も大人であり常識人である僕が引くことにしよう。

この話を終わらせるため、僕は別の話題をシスレに投げかけた。

「ところで、シスレはどうして王城にいるの？　普段は大聖堂にいるでしょ？」

「露骨に話題を変えてきたね」

「ヴィル様、それはいけない手段ですよ。このままでは恋人からの『ねぇ、そろそろ結婚したいと思うんだけど』という言葉をのらりくらりと躱《かわ》すような男性に成長してしまいます」

「私それ絶賛やられてまーす」

「僕は、真面目に聞いているんですけど？」

口々に文句を言う二人に、僕は声に苛立《いらだ》ちを乗せて言う。するとクムラは素知らぬ顔で酒瓶に口をつけ、シスレは表情を一切変化させることなく前髪を払い、僕の質問に答えた。

「今回は外交大臣とお話をするために、王城へ来たのです」

「外交大臣？」

「はい」

肯定し、シスレは会談のテーマを告げた。

「最近、大国を中心とした各国が軍国主義を掲げ、戦力の増強を行っておりますので……ブリューゲル王国の防衛などに関して、意見交換をしたというわけです」

「なるほどね」

納得した。ブリューゲル王国の魔導姫として君臨するシスレの役目は、王国の守護。彼女が持つ魔導羅針盤に格納されている魔法の詳細は知らないのだが、彼女はその力を用いて王国を護《まも》る結界を張っているのだとか。軍国主義を掲げる国が増加し、今や世界は大戦が勃発してもおかしくない状況。防衛の要であるシスレと、常に諸外国の動向を注視している外交大臣が意見を交わすのは、何ら不思議なことではない。恐らく、国家の安全に関わる大切な話をしてきたのだろう。緊張が高まる世界において、ブリューゲル王国はどのような選択をするべきか、など。

「……今更なんだけど、これって僕たちに教えても良かったの？　機密事項なんじゃ？」

　多くの情報を聞いたわけではないけれど、部外者である自分たちは聞いてはいけない事柄だったのではないか。そんな不安が過《よぎ》るが、シスレは『問題ありません』と否定した。

「寧《むし》ろ、お二人はこの話を耳に入れておくべきかと。今現在、ブリューゲル王国で最も狙われている人物はお二人ですから」

「狙われている？　私たちが？」

　酒瓶から口を離して首を傾《かし》げたクムラ。よく理解していない彼女とは違い、僕にはシスレの言っている意味がわかった。

「魔法が最大の攻撃と防御手段となった今、軍国主義が目指すものとはつまり、魔法力の増強だよ。新しい魔法技術の開発や優秀な魔法師の奪い合いといった競争は、もう始まっている」

「ヴィル様の仰《おつしや》る通りです。そして、魔法力の増強を図る各国が共通して最も欲しがるものが──魔導姫です」

「……そういうことね」

　理解したらしく、クムラは嫌そうに顔を顰《しか》めた。

　魔導姫は、他の魔法師とは別次元の存在である。たった一人で戦況を大きく変化させることができるほどの、圧倒的な力の保有者。魔法師の常識の埒外《らちがい》にいる彼女たちは、世界で戦乱が巻き起こるほどに価値を増していく。敵国を殲滅《せんめつ》する戦士としても、国を護る守護者としても、利用価値があまりにも高い。世界で七人しかいない魔法師の頂点たちを、各国は喉から手が出るほどに欲しているのだ。

「特にクムラ様は、知恵と知識を司《つかさど》る羅針盤をお持ちの方。これまでになかった強力な魔法も生み出すことができる存在として、非常に狙われています」

「私を狙うのはヴィルだけにしてほしいんだけど……ていうか、それを言ったらシスレも狙われる立場じゃん。私と同じ魔導姫なんだし」

「無論です。既に自国に魔導姫がいない国から、一国が魔導姫を二人も保有しているのは不平等だから寄越《よこ》せ、といった趣旨の抗議文が届けられております。当然、無視しておりますが」

「そんなものまで……」

大変な世の中になったものだな、なんてことを考えつつ、僕はシスレに尋ねた。

「ねぇ、シスレ。クムラが狙われるのはわかるんだけど、どうして僕まで？　自分で言うのもあれだけど、僕は普段魔法が使えない、利用価値のない男だと思うけど」

「ヴィル様の特異体質の情報を、既に他国が摑《つか》んでいるのです」

即座に返し、シスレは僕の右手に触れた。

「国内にいる他国の工作員が、貴方の情報を本国へと流している可能性が高いとのことです。魔法が主力となる戦争において、魔法が一切通じないヴィル様は切り札になるかもしれない、と考えているのでしょう。おまけに、禁忌図書館を守護している実力も相まって、益々《ますます》他国の興味を引いているのかと」

「そんなことになってるんだ……」

思わず、他人事《ひとごと》のように呟《つぶや》いてしまった。

これまで自分自身が狙われてきた経験がないので、いまいち実感が湧かない。僕としては、自分にそこまでの利用価値があるとは思えなかった。今後は禁忌図書館だけではなく、僕自身を狙う者たちとも戦うことになるのだろうか。いや、それ以上にクムラを狙う刺客と刃を交えることになるのか。可能性としては、そのほうが――いや、やめよう。

次々と浮かぶ考えを振り払い、僕は思考を止める。

色々と可能性について考えたところで、僕がやることは一つ。これまで通り、何も変わらないのだ。

襲ってくる敵は全て殲滅し、葬り去る。これにつきる。

自分の為《な》すべきことを再確認した僕は口元に笑みを浮かべ、二人に言った。

「僕がいれば、禁忌図書館もクムラも問題ない。どんな敵が来ようとも――死神の名にかけて、安らかに眠らせてあげるから」

自分から死神なんて名乗ったことはないけれど。心の中でそんなことを呟いていると、僕の言葉を黙って聞いていた二人は顔を見合わせ、やがて、苦笑交じりに言った。

「こうやって、普段は見せない表情を突然見せてくるのも卑怯《ひきょう》だよね。本気でお腹《なか》が疼《うず》いてくるもん」

「同意します。私も、今のヴィル様の表情だけで一週間は困りません」

「ねぇもう一回説教しないと駄目なの？」

まるで反省していない二人の会話。説教直後に見せていた申し訳なさそうな表情は全て嘘《うそ》だったのだろうか。

とりあえず、この二人を改心させることは、未来永劫《みらいえいごう》不可能だろうな。

彼女たちに説教をするのは時間の無駄ということがわかっただけでも、今日は成果があったと言える。そう自分自身に言い聞かせ、僕は乙女の要素が欠片《かけら》もない会話を繰り広げる二人を眺め続けた。

◇

胸を襲う疼痛《とうつう》の原因は、疑念と後悔だった。

既に後戻りすることはできない。計画は順調に進行しており、今更何を思ったところで、中断することなどできないのだ。後悔などするだけ無駄。したところで、自分の心を痛めつけるだけの結果しか残さない。

それは理解しているのだけど……心の何処《どこ》かに存在していた、こんなことはしなくても良かったのではないか。その考えが、時間の経過に比例して大きくなっていく。同時に、口車に乗せられてしまった自分への軽蔑も。

罪悪感は小石を投げ込まれた水面の波紋のように広がり、胸を苦しめるそれは口内の唾液を苦くし、不快感をより一層引き立てる。

どうしてこんなことに？　ふと脳裏に浮かんだ疑問の答えは、わかりきったものだ。

この状況は、この現実は、自分自身が望んだからこそ起きている。そんな疑問を頭に浮かべる資格は、自分にはない。

自らを鋭い言葉の刃で糾弾し、私は王城から、大粒の雨が降る外界を見つめて呟いた。

「ごめんね、クムラ」

誰に聞かれることもない独り言。自分の声が雨音にかき消されていくのを鼓膜で感じながら、数分前に脳裏に見えた凄惨な光景を思い出し――紫色の瘴気《しょうき》を放つ禁書を指先で撫《な》でた。

◇

王城の外――王都の街には、大粒の雨が降り注いでいた。事前に調べた天候の予報では曇り空のみで雨は降らないとあったので、予報は見事に外れたらしい。傘も持ってきていないのでこのまま帰るわけにもいかず、仕方なく、僕は王城の使用人にお願いをして、禁忌図書館までの馬車を出してもらうことに。
十数分後。準備が整ったと呼びに来たメイドに案内され、僕たちは軒下に停《と》まっていた馬車の籠に乗り込んだ。

「あーあ。雨が降るなら傘を持ってくればよかったよ」

座席に腰を落ち着けるや否や、クムラは心底残念そうに言った。

「折角ヴィルと相合傘で街を歩けるチャンスなのに……勿体《もったい》ない」

「なんで傘が一本しかない前提なんだよ」

言いつつ、クムラの左隣に乗り込んだ僕は扉を閉じた。クムラが傘を持ってくるのならば、確実に僕も同じように傘を携帯する。傘が二本ある以上、二人で一つの傘に入って歩くことはない。

しかし、僕の主張にクムラは『甘いね〜』と言いながら、人差し指を左右に振った。

「傘が二本あるなら、私は使わずに君の傘に入るよ。優しいヴィルは、私を追い出したりしないでしょ？」

「歩きづらいだけだと思うけど……」

「それでもいいんだよ。意中の男の子と一つの傘に入って街を歩く。それだけで、乙女は『今日が雨で良かった』って思うんだから」

そこで御者の準備が整ったらしく、馬車は微《かす》かな振動を僕たちに伝えながら出発した。

流れ始めた外の景色に目を向けた後、ここから先は街中に出るからとカーテンを閉め、再び視線をクムラに戻した。

「……自分を乙女だと自称するなら、もう少しそれらしい会話と言葉遣いを心がけてほしいね。王城でのシスレとの会話は、明らかに乙女の枠外だったよ」

「それがそうでもないんだよね」

悪戯《いたずら》めいた笑みを浮かべ、クムラは言った。

「世の中の女の子は、男が思っているほど清楚《せいそ》じゃない。女子会なんてしようものなら、会話の七割は品のない話だよ？　恋人以外にも男を数人キープしているとか、これまでに何人と寝たとか。異性に対する想像と現実には、かなりの差があるんだよ」

「あんまり聞きたくなかったなぁ……」

目を逸《そ》らしたくなるような現実を教えられてしまったものだ。男はどれだけ年齢を重ねても、女の子には夢を見ていたい生き物なのだ。普段は見えない陰の部分は、あまり知りたくないことである。

その点、僕は特に女の子に対して幻想を抱いているわけではない。なぜなら僕の周りには厄介な性格をした女の子しかいないから。悲しいな。

やや気分を落としつつ、僕は馬車を叩《たた》く雨音に耳を傾けた。

「異性の実態は置いておき……少なくとも、僕は雨で良かったなんて思ったことは一度もないかな。ジメジメするし、外に出る気力がなくなるし、気分も憂鬱になる。晴れのほうが良いに決まっている」

「それはヴィルが男性だからだよ。乙女的思考を持っていれば、マイナスな天気もプラスに考えることができる。これは乙女の特権だね」

「特権というか、特殊能力だと思う」

「そうとも言えるね。……ねぇ、ヴィル」

浮かべていた笑みを消したクムラは神妙な面持ちになり、声音に一抹の不安を含ませて、僕に問うた。

「気が付いた？　ファムが……ずっと浮かない顔をしていたこと」

「……気づいていたよ」

頷《うなず》き、研究室で見たファムの表情を思い浮かべた。

「僕たちに悟られないように無理矢理笑みを作っていたから、敢《あ》えて触れるようなことはしなかったけど……明らかに、何か抱え込んでいる様子だったね。研究に行き詰まっているのか、はたまた人間関係で良くないことがあったのか、正確なことはわからないけど」

「……私が原因かなぁ」

滅多に聞かない弱った声と言葉に、僕は首を傾げた。

ファムが悩んでいるであろうことは明確な事実だろう。だけど、どうして何の根拠もなくクムラは自分を結びつけるのだろうか。

「なんで、そう思うの？」

尋ねると、クムラは天井の小さなシミを見つめた。

「なんか、私を見て悲しそうな顔している時が多かったからさ……」

「？　そう？」

「そうだよ。あんな目を向けられたら、こっちが何かしたように思うよ、普通」

言って、クムラは深い溜め息《たいき》を吐《つ》いた。

あくまでも僕の主観ではあるけれど、ファムは別段クムラを見て悲しい顔をしていたわけではないように思える。悩みを抱えているだろうな、というのがわかるほどの浮かない顔ではあったけれど、クムラと話している時はいつもと変わらない様子に見えた。いや、寧《むし》ろ元気になっていたようにすら見えた。

だが、これはあくまでも僕の視点から見たものに過ぎない。どうやら、クムラの目には僕の感じたものとは違うように、ファムが映っていたようだ。

「考えてみれば、学生時代からファムは私のことで悩むことが多かったみたいだし……今回も、何かしちゃったんだろうなぁ」

「ネガティブな思考になってるよ。そんなに気になるなら、今度聞いてみればいい」

「ファムに？　アハハ、教えてくれるわけないよ」

「……確かに、そうだね」

自分で提案しておきながら、僕はクムラに同調した。

クムラほどではないけれど、僕もファムとはそれなりの付き合いだ。なので、彼女の性格はよく知っている。生真面目で、冗談があまり通じなくて、だけどとても真《ま》っ直《す》ぐで……周囲に迷惑をかけたくないからと、困っていても一人で抱え込んでしまう。とてもしっかりしているように見えて、実はクムラ以上に誰かが傍《そば》にいてあげないといけないのだ。

「本当にファムは、昔から何でもかんでも一人で抱え込むんだから」

「心配してるんだね。凄《すご》く」

「当然でしょ。これでも、私はあの子を友達だと思ってる。友達が悩んでいるのに心配しないなんて、あり得ないことだよ」

憂鬱な雰囲気を纏《まと》いながら、クムラは深い溜め息を零《こぼ》した。背後の壁に頭を預け『本当にファムは……』と、ブツブツと旧友に対する不満を呟き続けている。

こんな精神状態では、まともに仕事をすることも難しいだろう。仕方ない。ここは少し、ガス抜きに付き合ってあげますか。

そう決め、僕はクムラの肩に手を置いた。

「今日くらい、一緒にお酒を飲んであげるよ。悩んでいる時は飲んで話して、発散するのが一番だからね」

「え、いいの？　普段は誘っても飲んでくれないのに」

驚きの表情で確認してくるクムラに、僕は『当たり前だろう』と普段飲まない理由を告げた。

「最高司書官の補佐官は、護衛の仕事も兼ねている。有事の際に酒が入っていたら、君を護《まも》ることができないだろう？　流石《さすが》の僕も、酒が入っている状態で正常な判断ができるとは思えない」

「たとえ酔っているとしても、ヴィルが負ける姿は想像ができないけど？」

「僕は普通より強いだけであって、最強や無敵なんて存在じゃないんだ。まぁ、あとは単純に弱いっていうのも理由の一つだね。酒が入ると、どうしても眠くなる」

元々、酒が体質的に合わないんだろう。少量を長時間かけて飲むならまだしも、大量を短時間でとなると身体《からだ》が拒絶して戻してしまう。勿論《もちろん》、吐くと楽しく飲めないから、絶対にやらない。

自分の身体のことを考えて、僕は酒を飲むことを控えている。

「でも、今日は飲んでくれるんだ？　いいの？　有事のことがあったら、大変じゃない？」

「酔わない程度に抑えるから、大丈夫。さっきと言っていることが矛盾するかもしれないけど……酔っていても、人の首を切断するくらいのことは容易にできる」

熟練の戦士は、眠っている時でさえも殺気を感知し、対処することができるという。自分がその領域に到達しているとは思えないけれど、泥酔状態でなければ、ある程度は対応することができるだろう。少なくとも、先日の密輸犯たちと同程度であれば、絶対に勝てる。

今晩は一緒に飲むことができると知って、クムラは憂鬱な気分を一変させ、とても上機嫌そうに僕の腕を抱きしめた。

「いや～、私のために一緒に飲んでくれるなんて、旦那様は優しいなぁ！」

「誰が旦那様だよ。少ししか飲まないって言ったろ」

「えへへ～、無理して飲んでもいいんだよ？　その時は私が介抱してあげるし、何ならその場で大人の階段上っちゃうから！」

「……」

いざとなったら勇気が出ないくせに、何を言っているんだか。とても楽しそうに言うクムラに呆《あき》れつつ、僕は少し考え、言った。

「その時は、優しくね？」

「………………え？」

長い間を空け、呆《ほう》けた声を出したクムラは、瞬《まばた》きをすることもなく僕をジッと見つめた。

「そ、それってどういう……？」

「どういうも何も、そのままの意味だよ。僕は君の護衛という任務も忘れて、眠りこけるくらいに泥酔したら、何をしても怒らないよ。そこまで飲むのは僕が悪いんだからね。怒る資格なんてない。自分にとって、いい教訓になるんじゃないかな」

「………え、ちょっと五リットルくらい飲まない？」

「流石にそこまで飲めるほど、僕の胃袋は大きくない」

ツッコミを入れるが、そんなことは耳に入らないほど、クムラは今脳内で色々な妄想をしているらしい。一体どんなことを考えているのかはわからないけど、きっと、あの変態聖女様のようにピンク一色のことだろう。彼女の頭の中の僕は今、どんなことをされているのだろう。知りたいような、知りたくないような……やっぱり知りたくないな。

あられもない姿になっている自分を想像して寒気を感じていると、不意にクムラが静かに呟《つぶや》いた。

「本当はファムもいたほうが、お互いにスッキリできるんだけどね……」

「そうだね。今度、二人で飲みに行きなよ。一度お酒でリミッターを外して、本音で語り合うのも悪くないと思うからさ」

今の二人に足りないものは、本音で言葉を交わし合う機会だ。自制心が働く素面《しらふ》よりも、思ったことをすぐに口に出してしまう酒の席のほうが、二人には合っている。仲良くなるか、仲が悪くなるか、どちらに転ぶかはわからないけれど。

「……うん。それ、いいかもね」

僕の提案に賛同し、クムラが小さく頷いた——その時、突然馬車が止まった。

「？　変だな。こんなにすぐ禁忌図書館に着くはずがないんだけど……」

「何かトラブル？」

「どうだろ。少し御者に——」

ピチャ。鳴り続ける雨音に紛れた小さな靴音を聞き、僕は動きを止めた。

何か、とても嫌な予感がする。根拠はない。ここは王都の街中で、雨とはいえ外を歩いている人はいることだろう。その中の一人が馬車の横を通過しただけなのだとすれば、足音が聞こえても何ら不思議ではない。

しかし、僕の第六感は警鐘を鳴らしていた。何も行動しなければ、取り返しのつかない結果になってしまうぞ、と。

「クムラ――ッ！」

気が付いた時には、身体は行動していた。扉へ向けた手を素早く引き、代わりに、隣にいたクムラの腕を摑《つか》み自分と立ち位置を入れ替える。一刻も早く、彼女を右扉から離すために。

「ちょ、ヴィル――」

僕の突然の行動に驚いたクムラが目を見開き、何をするんだと僕の名を呼んだ――次の瞬間。

銀色の光沢を持つ矢が、僕の胸を貫いた。

胸に広がる激痛、喉奥からせり上がる吐き気。口内から溢《あふ》れ出た鮮血が口の端を伝い、床に赤い斑点模様を形成する。

どうやら、悪い予感は見事に的中したらしい。僕の勘はよく当たるな。

口角を微《かす》かに上げ、心の中で自画自賛の言葉を呟く。直後、一つ目の矢が僕を襲ってから五秒と経《た》たず、第二、第三の矢が扉を突き破って飛来し、僕の身体を次々と穿《うが》った。喉元、鳩尾《みぞおち》、太腿《ふともも》。矢が突き刺さったそれらの場所からは即座に出血が生まれ、命の液体は体外へと流出していく。

足元に生まれた血の斑点が面積を広げていくに比例して、段々と、僕の意識は薄れていった。今、自分が座っているのか、あるいは立っているのか。そんなことすらもわからない。認識能力は著しく低下し、穿たれた箇所から発せられる痛みで何とか意識を繋《つな》いでいる状態。だが、それも時間の問題。体内の血液が一定量流出してしまえば、僕の意識と命はそこで途絶える。

何とか、クムラに——。

朦朧《もうろう》とした意識の中、僕は現状を打破する唯一の手段を求め、自分が護るべき少女の顔を思い浮かべた——その時、唇に柔らかな感触が広がった。微かな湿り気を帯びるそれは、僕の触覚が鮮明に記憶しているものと同じもの。

流石だ。何をすれば僕が蘇《よみがえ》るのか、よく理解している。

唇に押し当てられているものの正体を理解すると同時に、今頃涙目になっているであろう少女のことを思い浮かべる。身体の奥底から力が漲《みなぎ》り、凄《すさ》まじい全能感が駆け巡った。

「ヴィルの馬鹿……ッ」

意識と視界が鮮明になると同時に、そんな声が鼓膜を震わせた。それは、瞳から大粒の涙を零し、力尽きた僕を支えながら座る少女のもの。予想通り、大泣きしていたらしい。

ごめんよ。でも、無事で良かった。

胸中で謝罪の言葉を告げながら、彼女の目尻に浮かんだ涙を指先で拭う。と、直後に大きな音を立てて馬車の扉が開かれ、次いで、野太い男の声が響いた。

「よし。男は死んでるな」

　馬車の中を覗《のぞ》き込み、矢で全身を貫かれた僕を見てそう言ったのは、黒い外套《がいとう》で身を包んだ大柄な男だった。手には大型のボウガンが握られており、彼の背後には仲間と思《おぼ》しき者たちが数人立っている。全員眼前の男と同じく、全身を外套で包んでいた。

「何、あんたたち――ッ」

　背後から僕を抱きしめたクムラは、怒りを滲《にじ》ませた声を震わせる。そんな彼女とは対照的に、とても嬉《うれ》しそうな声色で、眼前の男は答えた。

「へへ、悪いな、天使のお嬢ちゃん。そいつはお前にとって大事な奴《やつ》だったのかもしれないが……こっちも仕事なんでね。恨むなら、先にうちの大切な取引を邪魔して禁書を奪ったそいつの行いにしてくれや」

　死体のふりをしながら話を聞き、なるほど、と僕は納得した。

　この男たちが馬車を襲撃した理由は、復讐《ふくしゅう》。禁書の取引を邪魔されたことに怒り、僕を殺しにやってきたというわけだ。

　殺される理由がある以上、彼らが僕を殺したことを責めることはできない。けれど、こともあろうに、彼らはクムラを――最高司書官である魔導姫を危険に晒《さら》してしまった。クムラを守護する僕に与えられた使命は、禁忌図書館とクムラを危険に晒す全ての者の殲滅《せんめつ》。彼らは、その対象になってしまったのである。

　襲撃者の正体と襲撃理由が判明した以上、死体のふりをする必要はない。あとは――自分自身に与えられた使命を果たすため、彼らへの刑を執行するだけだ。

閉じていた目を大きく開き、身体に突き刺さった矢はそのままに、僕は上体を起こした。

「…………は？」

その瞬間、空気が凍った。

襲撃者たちは全員、絶句している。眼前の現実が理解できず、納得できず、思考を放棄していると言ってもいい。現実逃避というのは、今彼らがしていることを指すのだろう。

だが、そんな反応をするのも無理はない。誰だって、夥《おびただ》しい量の血を流し、全身を矢で貫かれた生物が元気に身体を起こしたら、言葉を失うはずだ。

彼らは自分たちの目的を、見事に果たした。その事実に間違いはない。本来ならば心臓を貫いた時点で彼らの勝利だ。安堵《あんど》し、喜びの酒を酌み交わしてもいいだろう。

殺した相手が僕――死神でなければ。

「いやぁ、久しぶりに痛い思いをしたよ。頑張ったね、君たち」

柔和な笑みと共に言い、立ち上がった僕は馬車の外へと足を踏み出す。クムラと言葉を交わしていた男は後退し、怯《おび》えを孕《はら》んだ目で僕を凝視している。まるで、幽霊でも見てしまったような目で。

「なん、で、生きてるんだ？　その傷で、その状態で、立ち上がれるわけが……」

「あぁ、普通なら死ぬよね。君の疑問は当然だ」

自分の胸に突き刺さった金属の矢に触れる。心臓の鼓動は伝わってこない。今現在、僕の身体からは命の音が消えている。

普通ならば立ち上がれない。普通ならば死んでいる。普通ならば自分たちの勝利。そんな考えは、僕には一切通用しない。

だって――。

「僕は普通じゃない。これに尽きる」

「――ッ、化け物が――ッ！」

得体の知れない恐怖を怒りで誤魔化すように怒声を上げ、男は手にしていたボウガンを僕に向ける。次いで、銀色の矢が装填されたそれの引き金を、躊躇《ためら》うことなく引いた。射出された矢は即座に僕の頭部を穿ち、貫く――が。

「だから、意味ないんだって」

「――」

頭部に矢が刺さった状態で平然と言う僕に、男は愕然《がくぜん》とボウガンを地面に落とした。

魔法を発動している僕は、先ほどのように血を流し、倒れたりはしない。その証拠に、矢が刺さった頭部からは一切の出血がなく、意識が薄れることもなく両足で立っている。今の僕の姿は、彼らがこれからどんな攻撃を仕掛けようとも、全て無意味であることを如実に示していた。

これで十分、戦意を折ることができただろう。

男たちの表情からそう判断した僕は、徐《おもむろ》に頭部に刺さった矢を摑み――。

「死贈因牙《ギソーレ》」

翼を広げ、勢いよく引き抜いた――その直後。

「ぁあ?」

僕の頭に矢を撃ちこんだ男は呆然《ぼうぜん》とした声を零《こぼ》し、頭部の前後から膨大な血を噴き出して倒れ伏した。雨に濡《ぬ》れる通りに転がった彼はピクリとも動かず、地を這《は》う雨水に自らの赤い染料を流し続ける。開かれたままの瞳にはもう、生者の光は灯《とも》っていない。

死贈因牙《ギソーレ》。

僕が持つ魔導羅針盤である、死王霊盤《ベマーラ》の南西に埋め込まれた晶石に格納された魔法であり、その効力は――自分の死に最も強い因果を持つ者に、自らの死を贈り与える。即《すなわ》ち、僕を殺した者を殺し返す魔法だ。

無論、この魔法があるからと言って、僕は不死身というわけではない。死贈因牙《ギソーレ》が効力を発揮する相手は、僕を直接殺した者のみ。ただ、一定以上のマナを内包している者、魔法に対する耐性を保持している者など、効力を発揮しない相手も多い。

だが……少なくとも、彼らはその枠内に入らないらしい。僕に矢を撃ちこんでいない者もいるので、全員とはいかないが……身体《からだ》に刺さった矢を抜くだけで、半分は減らすことができる。

物言わぬ肉人形となった男から視線を外し、僕は身体に刺さった矢を次々と引き抜いていった。その度に、僕を殺した者たちが血を撒《ま》き散らしながら地に伏し、生命活動を停止させていく。途中、あまりの恐怖から逃げ出そうとする者も現れたが、膝が震えて言うことを聞かず、地面に蹲《うずくま》って震えるだけに終わった。

「さて……」

全ての矢を引き抜き、傷が塞がったことを確認した僕は残りの敵に視線を向けた。絶望を宿した目で転がる死体を見ていた彼らは、次は自分たちが死ぬ番なのかと、恐怖で過呼吸になっている。

困ったな。僕は一応、姿はともかく心は天使のつもりなんだけど。

本気の恐怖心を向けられていることに苦笑し、転がっていたボウガンを拾い上げ、銀色の矢を装塡した。

「今日が雨でよかった」

数分前、クムラに言ったことを撤回しなければならないなと思った。僕は今日、初めて、天気が雨であることに感謝している。

これから僕が行うことは、僕が果たすべき使命は、あまり他者に見せられるものではない。第三者が見るにはあまりにも血生臭すぎるし、目撃してしまった者に大きなショックを与えてしまう可能性が大きい。場合によっては、精神が壊れてしまうかもしれない。

だからこそ、僕は今、街に注ぐ天の恵みに感謝している。この雨が、街の人通りを少なくしていることに。

「ひ――っ」

僕がボウガンを手にした途端、悲鳴のような声が上がった。彼らはきっと、想像しているのだろう。そして、理解している。復讐に失敗した自分たちが辿《たど》る運命を。

彼らの生殺与奪の権を握った今、僕は報復の意味を込めて、彼らに耐え難い苦痛を与えて殺すこともできる。昔の護衛の規則では、主《あるじ》に刃を向けた敵には生き地獄を与えてから殺すのが常識とすらされていたほど。多少時代は違えども、王国の叡智《えいち》である最高司書官を危険に晒した彼らを拷問したとしても、上から文句は言われないだろう。

けれど、たとえ翼や光輪は黒くとも、僕は天使だ。

慈悲と慈愛を司《つかさど》る種族である以上、恐怖に震える無抵抗の子羊に苦痛を齎《もたら》すわけにはいかない。だから、僕は現状の自分が持ち得る手段の中で、最も安らかに彼らを眠らせることのできる手段を用いるのだ。

「ごめんね。大鎌があれば、もっと楽に殺してあげることができたんだけど……」

謝罪の言葉を口にし、僕は石畳の道で座りこむ一人に歩み寄った。

心の底から、申し訳ないと思っている。抵抗する気のない者に、僅かでも苦痛を与えてしまう事実は、僕の本意ではない。苦痛のない安らかな死こそ、処刑における最大の慈悲。最期にそれを手向けることができず、口惜しい。

だからせめて、一瞬で終わらせてあげよう。

「――さようなら」

微笑と共に別れの言葉を紡いだ僕は、絶望と恐怖が宿った目を見つめ――引き金を引いた。

◇

――本件における経緯の詳細
王城から禁忌図書館への移動途中、クムラ＝ヘルティナード最高司書官とヴィル＝ラトゥール補佐官が乗車する馬車を、複数人の人間族の男が襲撃。目的は禁書の密輸と違法取引を阻止した補佐官への復讐と殺害。御者も襲撃者と結託していたと思われる。襲撃者は貫通力の高い金属製の矢とボウガンを用い、馬車外部から複数発の射撃を行った。

――必要詳細
最高司書官である魔導姫と、その補佐官に対する襲撃は重大であり凶悪。本件以降、王国政府と騎士団との連携により、国内に潜伏する犯罪組織の掃討、並びに要人の警備体制を強化する。また、更なる補佐官への復讐が想定されるため、今後一ヵ月は禁忌図書館近辺に警備の騎士を配置することとする。

――襲撃者の現状
標的である補佐官との交戦により、一名を除いて全員がその場で死亡。生き残りの一名も恐慌状態で確保され、正常な会話をすることは不可能。今後は精神の回復を待ち、詳しい事情を聴く方針に。

尚《なお》、応戦した補佐官、並びに最高司書官には負傷なし。


襲撃事件に関する騎士団の聴取は、二時間にも及んだ。

主に聞かれた内容としては、襲撃時の状況や襲撃理由、被害や、襲撃者たちの殺害方法など。機密事項に抵触する部分もあった——特に、殺害方法——ので、全てを話したわけではない。だけど、対応した女性騎士は僕やクムラのことを知っていたので、その辺りはかなり融通を利かせてくれた。まぁ、血塗《ちまみ》れの僕の全身や、穴が穿《うが》たれた衣服を見て、かなり詳細を知りたそうにはしていたけれど……どうしても知りたかったら国王陛下に許可を取ってほしいと言って、僕はその場を去った。流石《さすが》に一介の騎士では、国王陛下に嘆願することはできない。彼女が詳細を知ることは不可能だ。

突然の襲撃に遭い、普通なら重症では済まないほどの負傷をし、更には長時間の事情聴取。流石の僕も連続で発生したこれらの出来事には疲労し、禁忌図書館に戻った後、全身の血を流すためにシャワーを浴びながらぐったりとしてしまった。

近くにある自宅に戻るのも面倒だし、襲撃直後にクムラを図書館で一人にするわけにもいかない。今日は図書館に泊まることにしよう。

そのことをクムラに告げようとメインフロアに入り、彼女が座っているソファに近付いた――のだが。

「あのー、クムラさん？」

強引にソファへと座らされた僕は、正面から僕を抱きしめ胸に顔を埋《うず》める少女の名を呼び、落ち着かせるため、彼女の背中を擦《さす》った。

「不安にさせたね。ごめん」

「……今日は泊まって」

「そのつもりだよ。だから、安心して」

僕を抱きしめる力を強めたクムラは、ぐりぐりと頭を胸に押し付けてくる。これは暫《しばら》く離れてくれそうにない。相当心配して……いや、目の前で全身を矢で串刺しにされた者がいれば、誰だって心配するだろうけど。クムラは僕の魔法とか、特性とか、そういうものを知っているのだし、もう少し安心しても良いと思う。

まぁ、でも、今日くらいは許してあげよう。余計な心労をかけてしまったのは、事実だし。

「……私の前で死なないでって、前から言ってるじゃん」

「ごめんって。あと、死んでないだろう？　こうして元気にクムラの前にいるんだし」

「そうじゃなくて」

不満そうに、クムラは言った。

「……死んじゃったから、あの魔法が使えたんでしょ。わかってるんだから」

「……それは、そうだけどさ」

流石に見抜いているか。観念し、僕はクムラの頭に手を置いた。

襲撃者たちを殺した魔法——死贈因牙《ギソーレ》は、僕を殺した者に死を移す魔法。発動するためには当然、僕が死ぬ必要がある。一人につき、一つの死。あり得ないことではあるけど、僕は今日魔法で殺した人数分だけ死んだことになる。正確には、殺した人数と同じだけの致命傷だけど……それは死と同義だ。

死んだことは事実。だけど、結果的には生きているのだから、それでいいじゃないか。自分の死が身近にある僕はそう思うのだけど、それを言葉にするのはやめた。それを言うのは、心配してくれたクムラに失礼だから。

「悪かった。これからは、死なないようにするよ」

「絶対」

「約束はできない。与えられた使命を果たすためなら、僕は自分の命を捨てるからね」

「捨てるなー！」

クムラは抗議として僕の胸を数回叩《たた》いたが、やがて腕を下ろし、沈黙した。

そこからは、時計の音だけが空間に響く時間が始まった。互いに一言も喋《しゃべ》ることなく、ただジッと、近くにいる相手を感じた。気まずくはない。言葉など存在しなくとも、互いに傍《そば》にいるだけで良いと思っているから。傍にいるだけで心を落ち着けることができる、信頼がある。

　ずっと無言のまま、十分が経過した頃。

　天井を見上げていた僕は視線をクムラに戻し、そろそろいいかな、と彼女に尋ねた。

「で、何があったの？」

「……何が？」

「隠さないでよ」

　下げられたクムラの手に触れ、指を絡めながら、僕は言った。

「その落ち込みよう、僕が目の前で殺されたことだけが原因じゃないだろう？　もしもそれ以外にないのだとしたら、君はここまで引き摺《ず》らない。色々と文句を言いつつも、無事で良かったと喜ぶはずだからね」

「……やっぱり、私たち夫婦になったほういいんじゃ――」

「その話を持ち込む要素は何処《どこ》にもなかったと思うんだけど」

　いつも通りの問答になりそうな予感がしたので、即座に牽制《けんせい》しておく。今はそういう話をする時じゃない。あとで付き合ってあげるので、今は先に僕の質問に答えてほしい。

　そういった趣旨を伝えると、クムラは姿勢を変えて僕に背中を預け、とても深く息を吐いた。

「ヴィルとキスをして、私も全知神盤《グリフ》を全力で使えるようになったからさ……調べたんだ。ファムが、浮かない顔をしていた理由を」

「！　何だったの？」

「……」

数秒の間を取ったクムラは、感情を堪《こら》えるように下唇を噛《か》み、僕と繋《つな》いだ手に力を込める。しかしそれでも、湧き上がる感情を堪えることはできなかったらしく、目尻の端から零《こぼ》れ落ちた一筋の雫《しずく》を輝かせながら――告げた。

一瞬、冗談だろうと疑ってしまう、真実を。

「ファムは――私を殺そうとしているらしいんだ」

「じゃあ、詳しく聞かせてくれるかな」

クムラによる衝撃的な発言から、十五分後。話が長く、そして難しくなる予感がした僕はお茶や軽食などを机の上に並べた後、クムラに詳細を求めた。

ファムがクムラを殺そうとしている。

俄《にわ》かには信じ難い。だが、現状のクムラの落ち込んだ様子や、内に負の感情を蓄積しているように見えたファムから考えるに、一概にあり得ないと否定することはできない。

複雑な状況が絡まり合った現状の最善策は、情報を集めること。まずはクムラが先の発言をした理由を尋ねなくては、話は進まない。

さぁ、どうぞ。そんな気持ちでクムラに話すよう促したのだが……。

「あ、あのさ、ヴィル」

発言の詳細について語る前に、クムラはやや上擦った声で僕の名を呼び、自分が今、身を置いている状況について尋ねてきた。

「い、今のこの状況と君の心境の変化を、三百枚以内の論文に纏《まと》めて後日、口頭での説明を交えながら提出してほしいんだけど……」

「論文にできるようなことじゃないから無理かな。あと、身体《からだ》に力が入り過ぎだよ。もっといつものように、力を抜いて体重を僕に預けてごらん」

「そんなこと言われましても……」

クムラは小さな声で言い、もどかしそうに硬直した身体を左右に揺らした。もじもじと恥ずかしそうにする姿は、普段の酔っ払い状態からは考えられないほどの乙女力を感じさせる。

別に、ガチガチに緊張するようなことはしていないはずだけど。

思いつつ、僕は背後からクムラの腹部に回していた腕に、少しだけ力を込めた。

「はぅ――ッ!?」

「姿勢はさっきと変わらないのに、なんでそんなに恥ずかしがってるの?」

首を傾《かし》げ、僕は疑問を口にした。

僕とクムラは今、かなり密着した状態にある。ソファの上で足を伸ばし横になっているクムラは上半身を僕に預けており、そんな彼女を僕は背後から優しく抱きしめている。

一見すれば、クムラが緊張と羞恥を感じているのも理解できる姿勢かもしれない。意中の相手と密着していれば、自然と心拍数が上昇するものだから。ただ、僕たちの今の姿勢は、軽食を準備するためにソファを離れた前からほとんど変わっていない。その時のクムラは満足そうにしてはいたけれど、緊張なんて微塵《みじん》もしていなかった。

何故《なぜ》、突然借りてきた猫のようになってしまったのか。姿勢も場所も変わっていない。

唯一、変わっていることがあるとすれば――。

「じ、自分から行くのと、相手から来られるのでは心の持ちようが全然変わってくるんです……」

「へぇ……なんか可愛《かわい》いね。小動物みたいで」

「その言いかたは全然嬉《うれ》しくないんですけどー？」

不服そうに翼をはためかせたクムラに『ごめんて』と謝り、彼女の頭をやや乱暴に撫《な》でた。大抵の女性は頭を触られることを嫌がるそうだけど、クムラは全くと言っていいほど嫌がらない。子供っぽいのか、髪型に興味がないのかはわからないけれど……こうして撫でている時は、クムラが年下っぽく感じてしまう。

いかん。また話が別の方向へと逸《そ》れてしまっている。雑談は程々にして、本題に入らないと。

自分の悪いところを見つめなおし、反省し、僕は気持ちを改めてクムラに尋ねた。

「……ファムがクムラを殺そうとしているっていうのは、間違いじゃないんだね？」

「間違いであってほしいとは、思うけどね」

クムラは言い、首から下げていた魔導羅針盤——全知神盤《グリフ》を手に取り、それを僕に見せるように掲げた。

「ヴィルは知ってるでしょ？　全知神盤《グリフ》の真価」

「……保有者が望む情報を与える、だっけ」

過去にクムラから教えてもらった全知神盤《グリフ》の能力を答えた。

知識と知恵を司《つかさど》る魔導羅針盤が持つ、破格の能力だ。保有者であるクムラが欲した情報は、如何《いか》なるものであろうと知ることができる、神の産物に相応《ふさわ》しい力。戦争に活用すれば敵の戦力や作戦、位置や弱点を正確に知ることができる。情報とは即《すなわ》ち力。七つ確認されている『神が創りし羅針盤』の中でも、特に利用価値が高いと言われている所以《ゆえん》だ。

ただ、凄《すさ》まじい力を持っているが万能というわけではない。この能力は常時使うことができるわけではないし、中には何かの力が働いているのか、調べることができない情報もある。ただ、それを加味したとしても、とてつもない価値を秘めていることは確かだ。

僕の回答を肯定し、クムラはそのままの姿勢で続けた。

「馬車が襲撃された時、ヴィルとキスをして全知神盤《グリフ》の真価を使えるようになったから調べたんだ。ファムがどうして気分を落としているのかって。そうしたら……」

そこで一度言葉を区切ったクムラは、机の上に置いてあった『帝録写本』に視線を向け、それを見つめながら言った。

「ファムは『帝録写本』の力を用いて、私を殺そうとしている。そのことに対する罪悪感や葛藤が、彼女を悩ませ苦しめている……って」

「? 『帝録写本』の力？」

「うん。この禁書は予想通り、二つで一つの代物で……対象に呪いをかけて殺害する、最悪な禁書だったんだよ」

説明を受け、僕はクムラと同じように件《くだん》の禁書に目を向けた。

それで、色々と納得がいった。そうであるならば、クムラがぼやいていた不自然な箇所の理由も説明することができる。なるほど、二つで一つ……となると。

「もう一冊は、ファムが持っているってことだね？」

「そうらしい。『帝録写本』は……とても悪趣味な能力を持ってるんだ。片方のページに殺したい相手の名前を書き、もう片方をその人物に僅かでも読ませれば、対象者には不幸が降り注いで命を散らすことになる」

「呪殺の禁書か……」

「そういうこと。多分、ここ最近頻発している襲撃は、その力によるものだろうね。呪いの大部分はファムが持っているはずの禁書が発動しているものだから、ヴィルに触れていた状態でも効力が無効化されなかった……まぁ、でも」

全知神盤《グリフ》から手を離し、クムラは少し肩を竦《すく》めた。

「私がまだ生きているっていうのは、少なくともヴィルが傍にいるからだろうね。無効化はできなくても、弱体化することはできているということかな。護《まも》ってくれてありがと」

見上げてお礼を言うクムラには言葉を返さず、僕は複雑な気持ちを胸に抱きながら、疑問を口に出した。

「どうしてファムは……そんなことをしたんだろう」

「……それは、わからない。流石《さすが》に怖くて、調べる勇気がなかった。ごめん」

膝を抱えて謝るクムラを、僕はそっと抱きしめた。

それはそうだろう。勇気が出ないのは、仕方のないことだ。それなりに長い付き合いを持ち、互いに本音で語り合える、喧嘩《けんか》はするけど友人だと思っていた相手が自分を殺そうとしている理由なんて……知りたくない。心が傷つくことは決まっていることで、自傷行為をするほど、クムラは病んでいるわけではないのだから。

けど、このままにすることはできない。クムラが傷心になるのは望むことではないけど……この件は、理由は、しっかりとファムの口から語ってもらうことにしよう。そのためには色々と準備をする必要があるが……その前に『また私が何かやったのかなぁ……』なんて呟《つぶや》きながら、どんよりとした空気を生み出している少女のメンタルケアをしなくてはならない。見たところ重症。これは少し頑張らないと、立ち直ってくれそうにない。

これから、ちょっと忙しくなりそうだな。

多忙を極めるであろう数日間を思いつつも、文句は言うまいと思い直し、僕はクムラの心の回復を開始した。

◇

三日後。茜色《あかねいろ》に染まった陽光が窓から差し込む、禁忌図書館のメインフロアにて。

「人生で一番幸福を感じた三日間だったかもしれない……」

ソファに寝転がり胸元でクッションを抱きしめるクムラは、だらしなく口元を歪《ゆが》めながら呟いた。幸福に浸る表情は、命の危機に瀕《ひん》して三日しか経過していないとはとても思えない。ある意味、生きていることの幸せを噛《か》みしめたのかもしれないけど……だとしても、もっと気を引き締めてほしいと思う。

しかし、そんな僕の想《おも》いは知らずに、クムラはとても満足げに言った。

「きっと、新婚生活をスタートさせた夫婦は毎日のようにこんな幸福を満喫しているんだろうね。ふふ、今まで以上に結婚願望が強くなった気がする。繁殖する準備も整った。ということで、今すぐに婚姻届にサインして役所に提出してきてよ！　ヴィル＝ラトゥール補佐官！」

「ちょっと静かにしようか」

妙にテンションの高いクムラとは反対に、疲労でテンションが低くなっている僕は彼女に目を向けることもなく返した。

結論から告げる。甘やかしすぎた。

この三日間、クムラの沈みきった心を何とか浮上させようと全力を尽くしてしまった結果……これまで以上に結婚を迫ってくるモンスターが誕生してしまった。機嫌が戻ったことは何よりだけど、流石にやり過ぎたと言わざるを得ない。加減を間違えた。

僕はここ数日間の自分の行動を少しだけ後悔しながら眉間に皺《しわ》を寄せる。と、クムラは自分の整った容姿を余すことなく活用し、可愛らしくも綺麗《きれい》な笑顔を僕に向けた。

「またまたそんなこと言っちゃって〜。私はこの三日間、身体と心で感じたよ？　君が心の引き出しに隠している私への気持ちと優しさを。普段は結構素っ気なく接しているのに、心を痛めている哀れな天使には随分と慈愛に満ちた微笑《ほほえ》みを向けてくれたねぇ〜。いや、結構本気の忠告なんだけど、あの笑顔とか平気でやらないほうがいいよ？　ガチ恋勢が大量に生産されて、街の女性の四割くらいが君のストーカーになるから」

「んな阿呆《あほう》な」

非現実的な忠告を真面目に受け、僕は開いていた本を閉じてクムラに言い返した。街の四割って……一体何万人になると思っているのか。一人の人間がそれだけの女性の好意を独占するのなら、きっと未婚率がとんでもないことになる。変な心配しなくても、大丈夫だから……まぁ、確かに、この三日間はクムラを元気づけるために色々と頑張りすぎたとは思うけど。

「変な心配はしなくていいよ。誰に対しても優しくするわけじゃないし、そもそも僕は基本的に君の傍《そば》にいるんだから」

「つまり、私しか愛さないから大丈夫、と」

「言葉を捻《ね》じ曲げて解釈し過ぎだよ」

理解し難い解釈に呆《あき》れて額に手を当てる。

どうも、クムラの脳は常人には理解できないほどに、都合よくできているらしい。だからこそ天才と呼ばれているのかもしれないが、少なくとも、今の解釈は僕にはできないし、どうしてその解釈になったのかを理解することもできない。

異次元の存在とは、彼女のような存在のことを言うのだろう。多分。

「……ま、元気になっただけマシか」

当初の目的は見事に達成することができたので、後悔することはやめよう。自分自身に何とか言い聞かせていると、不意にクムラが身体《からだ》を起こし、抱きしめていたクッションを後方へと投げ捨てた。

「フッフッフ……私はこの甘く素晴らしい世界を満喫していた三日間で、多くの幸福と共に学んだよ。相手からガンガン攻められると、心に築いていた城壁は脆《もろ》くなり、やがて決壊したダムのように崩壊する。そしてそうなれば最後、身も心も自ら相手に委ね、その人の色に染まっていくとね」

「その変な学びを何処《どこ》に生かすと？」

「決まってるじゃん」

スキットルボトルに口をつけてアルコールを補給したクムラは、ソファの上で片膝を立てて言った。

「今までの私は、奥手過ぎた」

「おおい、冗談だろ」

「冗談なものか。思い返してみれば、私の行動は全てヴィルに選択を委ねることばかりだったよ。婚姻届のことも然《しか》り……相手に選択権を与えてしまっていた」

「やばいこと言い出したな……」

本気でクムラの頭が心配になってきた。アルコールの過剰摂取で、何処か脳の一部が壊れてしまったんじゃないかな？　一度頭を医者に診せたほうがいいんじゃ……。

真面目に病院の予約を取ろうか検討を始めていると、クムラは僕にボトルを向けて言った。

「これからはもっと積極的に……勢いよく攻勢に出ることにするよ。そういうわけで、早くサインして！　今から役所行くよ!!」

「夕方だから役所はもう閉まったよ」

話の通じない酔っ払いを相手にした時こそ、こっちは冷静になるべし。何処かで読んだ本に書かれていた教訓に従い、僕は落ち着いた心で言い返した。やっぱり、本を読んで知見を広め、先人の教えを知ることは大事だな、と強く思った。

言い返されたクムラは悔しそうに歯噛《はが》みする。

「ううううう!!　何度告白しても答えてくれない堅物の美少年には押して押して押しまくれって世界創世記にも書いてあったのに!!」

「それ多分偽物だよ」

世界創世記にそんなこと書いてあるわけないだろう。なんで恋愛のアドバイスに関する記述がされているんだよ。ちょっと読んでみたい気がしないでもないけどさ。

あぁ、三日間の疲労が溜《た》まっている上に、今のやりとりでさらに疲れた。

背凭《せもた》れに身体を完全に預け、僕は首元のネクタイを少し緩めた。

「なんか、心配して損した気分だよ。もしかして、三日前の涙も甘えるための演技？」

「そんなわけないでしょ、失礼な」

僕が疑いの目を向けると、クムラはムッとしながら言い返した。

「幾ら私が天才だとは言っても、自由に涙を流してヴィルの心を揺さぶる演技力は持ってない。あの時は本当に落ち込んでいたよ。でも……」

何を思い出したのか、クムラは再び幸せそうな笑みを作り、両頬に手を当てた。

「王国一の美少年に三日三晩甘やかしてもらったら……種族とか関係なく、全員がこんな表情になると思うよ、常識的に考えて。多分、私の心臓は七回くらい止まったと思う」

「だとしたら死んでるだろ」

「馬鹿だね。恋する乙女は永久に不滅なんだよ」

当然、何が言いたいのかはわからない。多分、他の誰が聞いても困惑して首を傾《かし》げると思う。天才って本当に理解できない。

あまりにも元気になり過ぎな気がしないでもないけど……このテンションは、長くは続かないだろう。少なくとも今日、これから向かう場所に到着すれば、気分は下り坂になる。現状維持のままではいられないはずだ。

幸福の余韻に浸っているクムラから目を離し、僕は左腕に装着していた時計を見る。

時刻はもうじき、午後五時三十分を示す頃だった。

「そろそろ図書館を出る時間だけど、大丈夫？」

「大丈夫だよ。ほら、ちゃんと着替えも済ませているし——」

「僕が言っているのは、心の準備はできたのかってことだよ」

僕の確認に、クムラは幾度かの瞬《まばた》きを繰り返した後、頷《うなず》いた。

「大丈夫。ちょっと怖いけど、これは避けて通ることができない、私が向き合わなくちゃいけないことだから。覚悟はとっくに済ませてる」

「そっか、強いね」

「へへ。それに……」

言葉を区切ったクムラはソファから立ち上がり、しっかりとした足取りで僕へと歩み寄る。そして片手で僕の手を取り、細く滑らかな肌触りの指を絡ませた。

「傍にヴィルがいる。近くにいてくれるから、安心できる。私が頑張っている時、離れないでよ？」

「勿論《もちろん》。ちゃんと見ているし、何かあったら僕が盾となり、剣になる」

しっかりと目を見つめながら返すと、クムラは微《かす》かに口角を上げた後、ニヤっと白い歯を見せた。

「頼りにしてるよ、旦那様！」

片目を瞑《つぶ》って言ったクムラに、僕は何も言わなかった。

代わりに——絡めていた指に、少しだけ力を込めた。

◇

一時間後、午後六時三十分。

「雨上がりだからか、少し肌寒いね」

王都ピーテル南西部に位置する、中央に巨大な槍《やり》のオブジェが聳《そび》え立つ広場。夕暮れ時になると多くのカップルが出没することで知られる名所に設置されたベンチに腰を落ち着けていたクムラは、空で瞬く一番星を見上げながら身震いした。

今のクムラはやや薄手の装いをしている。どの程度の気温であるのかはわからないが、少なくとも薄着で快適に過ごせるほど暖かくはない。周囲に佇《たたず》む者たちは皆、防寒対策として上着を羽織っている。

だから言ったのに。と思いながら、僕は立ったままクムラに言った。

「だから少し寒いって言ったろう。この国は空に浮かんでいるから、陽《ひ》が沈んだら昼間のように暖かくない。図書館を出る前に、上着があったほうがいいって言ったのに……」

思わず小言を零《こぼ》してしまった。

一応、僕は図書館を出る前に上着を羽織るようクムラに言ったのだ。寒いことはわかっていたので、後悔しないように、と。しかし、クムラは酒を飲んだ直後だったこともあり『これくらいなら大丈夫！』と僕の忠告には従わなかった。案の定、今になってそのことを後悔しているわけである。

呆れている僕に、クムラは笑った。

「あはは……滅多に外へ出ないから、夜がここまで冷えることを忘れていたよ」

「何年この国に住んでるんだよ」

「何年住んでいても、忘れる時は忘れるものだよ。まぁ、幸い防寒対策になるものなら持ってるし……」

言って、クムラは懐から常時携帯しているスキットルボトルを取り出し、飲み口に口をつけて中身を喉に通した。

その正体は、言わずもがな。

「よくもまぁ、それだけ飲めるね」

呆れを通り越して感心していると、キュポン、と音を鳴らしながらボトルを口から離したクムラは、得意げに翼を揺らしながら笑った。

「肌寒い時は、度数の高い酒を飲んで身体を温めるんだ。極寒の地で暮らす人間の民族は、そうやって寒さを凌《しの》いでいると本で読んだことがある。しかも、寒空の下で飲む酒は格別に美味《うま》いんだって」

「君は人間じゃなくて天使だろ。それに、ピーテルは極寒の地じゃない」

「まーまー、大目に見てよ。やっとお酒が美味《おい》しく飲めるようになったんだから」

「全く……しばらく、落ち込ませておいたほうが良かったかもね」

なんて冗談を口にしながら、僕は脱いだ上着をクムラの肩にかけた。

「僕はそこまで寒くないから、使いなよ。多少はマシになると思うし」

「ありがと。優しいね」

「一応、僕は紳士を自称しているので。これくらいはやれないと、紳士とは言えないよ」

「そこは紳士じゃなくて『君の旦那だからね』って言って欲しかったなぁ。ま、ヴィルの香りを堪能できるからいいけど」

　上着の袖に顔を近づけたクムラは堂々と、それの香りを確かめる。やや荒い呼吸を繰り返し、何を堪能しているのか、とても幸せそうに表情を崩す。

　そのあまりにもデリカシーのない行為に、僕はたまらず声を上げた。

「持ち主が隣にいる状況で、露骨に匂いを嗅がないでほしいんだけど」

「別にいいでしょ？　悪い臭いがするわけじゃないし、寧《むし》ろいい匂いで、嗅いでいると凄《すご》く落ち着くんだ〜。あ、不公平だと思ったら私の香りを嗅いでいいよ？　今ならサービスで私そのものがついてきます」

「遠慮しておきます」

　妙な売り込みを拒絶し、僕はクムラに掌《てのひら》を差し向けた。

　別に匂いを堪能したいとは思わないし、何より公衆の面前で変態的な行為はできない。陽は沈んでいるとは言っても、周囲にはまだそれなりに人がいる。人目につく場所でそんなことをした暁には、周囲から冷たく突き刺さる視線が向けられ、僕は変態のレッテルを貼られることになるだろう。幾ら外出する機会が少ないからと言っても、そんな不名誉な称号は受け取りたくない。

それらの理由を踏まえて丁重にお断りしたのだが、クムラは襟元を僕に見せるようにして言った。

「本当にいいの？　合法的に美少女の身体の香りを堪能できるチャンスだよ？」

「別にいいよ。僕は他者の匂いに興味なんてない」

「それはそれで、相手にされていないみたいで傷つく」

「面倒な……お」

そのタイミングで、僕は広場中央の噴水がある方角から、こちらに向かって小走りで近寄ってくる者を見つけた。記憶に新しい姿は、僕たちが待っている人物のもの。

来たか。腕を組んでいた僕は右手をその人物のほうへと向け、声をかけた。

「待っていたよ——ファム」

僕たちの傍《そば》で足を止めた悪魔族の少女の名を告げる。

今日、僕たちがこの広場に来たのは、ファムと合流するためだ。目的は無論のこと、先日クムラが能力で明かした事実の確認だ。本当にファムはクムラを殺そうとしているのか。

また、それが真実であると確定した場合、その理由も知りたい。

当事者の口から語ってもらうために、僕がここに呼び出したのだ。態々《わざわざ》禁忌図書館の外で待ち合わせしたのは、もしもの時——ファムが完全な敵となった場合、図書館内では戦う場所として適さないから。それは考える限り最悪の状況だけど、クムラを守護する者としては、その可能性も考慮している。いざとなればファムを手にかけるため、僕は今日、普段は持ち歩かない大鎌を持ってきているのだから。

走ってきたために乱れた呼吸を整えたファムが顔を上げる。

「申し訳ありません。少し、遅くなってしまって」

「大丈夫だよ。遅くなったと言っても、ほんの数分程度だからね。特に気にしてないんだけ、ど？」

ファムの顔を覗《のぞ》き込み、僕は心配になって問うた。

「どうしたの？　凄く体調悪そうに見えるけど」

「――っ」

ファムは息を呑《の》んだ。

端的に言って、今の彼女は健康、元気という状態からはかけ離れているように見える。色濃い隈《くま》を目元に作り、目には充血が見られる。表情も何処《どこ》か暗く、羽と尻尾も下がっている。体調も万全とは言い難ければ、心の状態も穏やかとは言えない様子だ。

……もしかしたら、夜も眠れないほどに悩んでいるのかもしれない。

早く本題に入り、心を楽にしてあげたい。そんな気持ちを抑え込み、僕はクムラに一度尋ねた。

「どうする？　クムラ。ファムは体調が悪いみたいだし、また今度にする？」

「んー……仕方ないなー」

スキットルボトルの飲み口から口を離し、クムラは何度か頷いた。

「幾ら私が大臣と同等の権限を持っているからと言っても、体調が悪い子を無理矢理働かせることはできない。それは究極のワーカーホリック、研究馬鹿の恋人いない歴＝年齢、生涯独身ダービー五年連続一位のファムも例外ではないし……よし、大事を取って今日は帰宅し、用事は後日にするとしようか。ということでヴィル、今晩も沢山愛してね？」

「大・丈・夫・ですッ！！！」

クムラの悪意たっぷりの言葉を聞いたファムは怒りに満ちた声音で叫び、勢いよくクムラへ人差し指を突きつけた。少し顔色が良くなったような気がする。悪魔族は怒ると体調がよくなる特性でも持っているのか？

ファムはクムラに指を向けたまま、言葉を連ねる。

「今すぐに帰宅しないといけないほど体調が悪いわけではありませんので、ご心配なく！というか、何ですか今の不名誉なあだ名の数々は！　そんなの聞いたことも、言われたこともありませんよ！」

「そりゃあ、作ったのは私だからね」

「勝手に変な称号を作らないでください！　あと、最後の……クムラ様、まさかついにヴィル様に手を出して美味しく召し上がってしまったのですか!?」

「僕を食べ物みたいに言わないでよ」

先ほどまでの疲れに疲れた表情は何処にいったのか。ファムはやや興奮した様子でクムラに詰め寄り、目を血走らせながら彼女の肩を摑《つか》んで揺らす。追及に対してクムラは『フフ……あれは癖になるね……』と頰を若干赤くするだけ。おいやめろ、完全に一線を越えたと勘違いされるだろうが。

「……とりあえず、用事は今日済ませるってことでいいね」

クムラとのやりとりを見る限り、顔色はともかく元気そう。それ自体は安心したのだけど、このまま放っておくといつまでも喧嘩《けんか》を続けてそうだ。

危機感を抱き中断を促すと、心を落ち着かせたファムが僕に頭を下げた。

「も、申し訳ありません、ヴィル様」

「いや、いいよ。とりあえず元気そうで安心したからさ。まぁ、ちょっと注目を集めちゃったみたいだけど」

すっかり暗くなった周りに目を向けると、広場にいた者たちがこちらに視線を向けているのがわかる。二人の喧嘩のようなじゃれ合いに、意識が吸い寄せられたのだろう。おかげで、二人の近くにいた僕にまで目が向けられている。主に、僕が持っている大鎌に。

「大声で言い争っている女の子たちの近くに、大鎌を持った男が立っていれば注目を集めるのは当然か」

「……そういえば、どうして武器を？」

「三日前に襲撃を受けて殺されたばかりだからね。その時は大鎌を持たずに戦ったから、不都合があったんだ」

彼らを楽に殺してあげることができなくて、困った。心の中で呟《つぶや》き、布が巻かれた大鎌の刃に触れる。襲撃があったことは王城にも伝わっているはずなので、ファムも知っているのだろう。『あぁ、そういうことですね』と納得した様子……いや、今の僕の発言に引っかかりを覚えたところもあるようで、少し首を傾《かし》げている。

多分、殺された、というところだろう。説明してあげたい気持ちもあるけど、僕の魔法は秘匿事項。聞かれても、安易に答えるわけにはいかない。

さて、合流した以上、いつまでも広場に留《とど》まっている理由はない。そろそろ、今日の目的を果たすために移動しようか。

「じゃあ、行こうか」

「い、行くって、何処にですか？　というか、今日の用件も聞かされていないのですけど……」

困惑した様子で尋ねてくるファムから目を離し、僕は一度、立ち上がったクムラと視線を合わせた。

きっと、ファムは用件を言わないと動いてくれない。それはわかっていることであり、当然その対策は準備してある。

僕とアイコンタクトを交わしたクムラは、肩にかけていた僕の上着に袖を通し、嘘《うそ》と真実を織り交ぜた言葉を告げた。

「ファムの依頼に関することだよ。『帝録写本』について、新たにわかったことがあるんだ」

「……」

　真実であり、嘘でもある。

　それを聞いたファムは十秒ほどその場に立ち尽くした後、やがて肩に入っていた力を抜き——何かを察した表情で、広場を出る僕たちの後に続いた。


　月明かりの下、街の通りを歩くこと、十数分。

「ここは……」

　僕たちの後ろを黙って歩いていたファムは、眼前に見えた建物を見上げて立ち止まった。

　白を基調として造られた、巨大な建造物。正面玄関には天国と地獄を模した彫刻が施された巨大な石扉が聳《そび》えており、一般開放の時間が過ぎた今は、固く閉じられている。建物の外からも見える庭園に続く通路には幾本もの石柱が見え、付近からは敷地内の水路に流れる水の音が微《かす》かに聞こえた。

　神話に登場する神殿にも似たその建造物は、王城の次に巨大とされる、大聖堂。

　ブリューゲル王国の魔導姫、王国の守護者とも呼ばれる聖女シスレによって管理されている、神聖な建物である。

　数百年間立ち入ることができる者が限られ、一般人が入ることのできない場所だったらしい。が、近年は観光資源として活用する方針に変わり、今では入場料を受付で支払えば、自由に中を見学することができるようになっている。

　建物の前で立ち止まったファムを振り返り、僕は彼女に先へ進むよう促した。

「ファム、行くよ」

「行くよって……あの、ヴィル様。大聖堂は十七時を過ぎると立ち入り禁止になるはずですよね？　まさか、無断で入るおつもりなんじゃ――」

「そんなわけないだろ」

　即座に否定する。流石《さすが》に、僕はそこまでの無法者ではない。というか、国に仕えている身でそんなことをするはずがないだろう。

　その証拠を見せるため、僕はポケットから銀色の鍵を取り出した。

「事前にシスレに借りると伝えて、許可を貰《もら》っているよ」

「あ、そうだったんですね……でも、どうして大聖堂に？」

「決まってるじゃん、ファム」

　アルコールが体内を巡り若干赤くなった顔で不敵な笑みを浮かべながら、クムラは大聖堂を指さした。

「この大聖堂には、あの禁書と繋《つな》がる事柄が隠されているのさ。図書館なんて閉鎖された空間じゃなくて、その秘密を実際に見ながら説明したほうがいい。実物があるほうが、説得力があるからね」

「……何だか、怪しいですね」

　クムラに対して疑わしい目を向けるファム。

　紛らわしいことをしないでくれ。と、クムラの脳天に軽く手刀を落とし、僕は素早く訂正する。

「本当は、落ち着いて話ができる場所が欲しかったからだよ。禁忌図書館は最近襲撃が多くて、話の途中に敵が来るかもしれない。禁忌図書館以外に周囲を気にせずに話せる場所と言ったら……ここしかないと思ってね。幸いにもシスレとは知り合いだから、借りることができたんだよ」

　ちなみに鍵を貸してもらった際に対価を要求されているのだけど、一体どんな要求が来るのかわからず、僕は戦々恐々としている。あの変態聖女様は時折とんでもないことを言いだすので、それが恐ろしくて仕方ない。

　後のことを考えて憂鬱な気分になりつつ、僕は拝借した鍵を裏口の扉に差し込み、解錠した扉を開けて中に入った。

　外観にも匹敵する、いや、それ以上に豪華な内装だった。通路には美術館と見紛《みまが》う精巧な作りの彫刻が並び、壁には歴史に名を刻む巨匠の絵画、また天井には荘厳な天井画が描かれている。

　流石は建造当時、国中の技術者や芸術家を総動員しただけのことはある。ブリューゲル王国の美術が総結集しているといってもいい光景だった。

「ここに来るのも、随分と久しぶりだ」

夜間警備のための非常灯が光る通路を歩き、美術品の数々を眺めながら、クムラは懐かしそうに言った。

「最後に来たのは……四年前とか？　研究室にいる時、教授から大聖堂のレポートを提出するように言われて、いやいや来たんだっけなぁ」

「僕と出会う前だね」

「うん。あ、その時は確かファムも一緒にいた気がする。周囲が成人した研究生ばかりの中、私たちは十代半ばで目立っていたよね」

「年下の先輩というのは、当時慣れないものがありましたよ」

「お互い飛び級を繰り返していたから、周囲の目のほうがきつかったけどね。主に嫉妬とか、羨望の」

「それは確かに」

クムラに言葉を返しつつ、ファムは記憶を掘り起こすように上を向いた。

「確か……研究のために壁を破壊したいクムラ様と、それを断固として拒否する警備員が喧嘩をしていましたね。あまりの剣幕に誰も仲裁に入ることができませんでしたが……最終的に、大聖堂の管理責任者に宥《なだ》められながら帰宅されたのをよく憶《おぼ》えています」

「何やってるんだよ……」

知らなかったクムラのエピソードに呆《あき》れながら彼女を見ると、案の定、全く反省していない顔で言葉が返ってきた。

「あれは相手の警備員が悪いね。私はもう少しで重要な発見をすることができるところだったのに……傷を恐れて調査を避けていたら、何も知ることができないのを知らないんだ。傷をつける勇気が、彼にはなかった」

「勝手に壁を壊そうとするほうが悪いと思うけど。というか、よくそんなこと警備員に聞きに行けたね。普通、やりたくても諦めるでしょ」

「それも酒の力ってやつさ」

「え、クムラって当時から飲んでたの？」

嘘だろ？　と思いながらもファムに問うと、彼女は一度、首を大きく縦に振った。

「正確には、もう少し前からですけどね。最初は身体《からだ》に悪いからと、周りの皆も止めていたんですけど……クムラ様は聞く耳を持ってくれませんし、お酒を飲んでいる状態で次々と凄《すご》い発見やら未解読の古文書を解読していくので、次第に誰も止めなくなったんです」

「……」

我儘《わがまま》も当時から健在、と。

必死に飲酒を止めようとしていた人たちの苦労は、察するに余りある。この酔いどれ天使は酒を取り上げると、本当に面倒なことになるのだ。特に機嫌が悪い時に没収すると、大泣きして手が付けられなくなる。身体の大きな赤ちゃんを相手にしているような気分になる。無駄な疲労を蓄積することになるので、非常に厄介だ。

しかし、当の本人はまるで悪びれることもなく、懐かしい、と思い出に浸った。

「そんなこともあったね。ま、どれだけ飲んだところで私の天才っぷりはアルコール如《ごと》きでは止めることができないって、証明することができて良かったよ」

「他者の忠告は素直に聞き入れるべきだと思うけど？」

「自分の我を通したほうがいいこともある。心配しなくとも酒で変なミスをしたりはしないから、ヴィルは安心して婚姻届にサインしてくれていいんだよ！　大船に乗ったつもりで、サラサラっと！」

「何度も禁書の封印でやらかしてるし、何の脈絡もなく婚姻届の話ぶちこんでくるのやめてもらえる？」

「寧《むし》ろ脈絡がないからだよ。恋は一瞬、告白は不意打ちっていうでしょ？」

「そんな言葉は聞いたことがございません」

多分、これもクムラの造語だろう。不意打ちで告白して成功するとは思えないし。

背後から僕に抱き着き、身体を押し当ててくるクムラを引き剝がす作業と並行して、ファムに尋ねる。

「そのレポート、結局どうなったの？」

「大聖堂の外に連れ出される時に見えた壁画の未解読文字を解読して、それを提出したらしいです」

「あれで合格点貰えたから、ラッキーだったよ」

「これだから天才は……」

あまりにもクムラらしい切り抜け方だった。

一目見ただけで未解読文字を記憶して解読するなんて、常人の為《な》せる業じゃない。彼女はもう少し、常人の苦労というものを知ったほうがいい気がするな。何というか……その才能は不公平が過ぎる。嫉妬の目を向けられるのも、当然というほどに。

神は平等に才能を分け与えたのではなかったのか。この世界の不平等について考えながら大聖堂の中を歩くこと、数分。

「！　ここが礼拝堂か」

足を踏み入れたのは、かつてピーテルに暮らした者たちが神に祈りを捧《ささ》げたという、巨大な礼拝堂。八角形の部屋は頂点となる箇所に燭台《しょくだい》が設けられており、そこで輝く大きな炎が室内を明るく照らしている。天井には無数の天使と悪魔が手を取り合う天井画が描かれており、当時の民が平和を切実に願っていたことが窺《うかが》えた。

部屋の至るところには天使と悪魔の像が立ち、中央には神の祝福を受けたと伝えられる青銅の剣が突き刺さっている。かつての人々はこの剣を囲うようにして跪《ひざまず》き、両手を合わせて平和を願い、祈りを捧げたのだろう。

僕が当時の礼拝の光景を、想像しながら堂内を見回していると——。

「本当に懐かしいね、ファム」

僕から身体を離したクムラが突然、青銅の剣に近付いた。

いきなり本題に入るのか。クムラが纏《まと》う空気が変わったことに気が付き、思わず驚く。

けれど、止めはしない。口火を切るタイミングは全てクムラに任せているし、僕は会話の邪魔をしないよう、ただ黙って様子を見守る。

二人が視界に入る位置に立ち、僕は大鎌の刃に巻き付けていた包帯を解きながら、成り行きを見守った。

「ここを訪れた時、この青銅の剣が見たいからって真っ先に走り出したね。普段は落ち着いて私の行動を咎《とが》めることが多かった君が、子供みたいに目を輝かせていたのを、今でも鮮明に憶えているよ」

「……そんなことも、ありましたね」

少しの間を空けた後、ファムは目を伏せて口元を綻ばせた。

「考古学を専門としていた私にとって、かつて多くの人々が信仰した聖遺物は、心を惹《ひ》かれるものでしたから」

「その気持ちはすごくわかる。私も禁忌図書館に収められている本には心を惹かれるし、ヴィルが図書館に忘れて帰った上着なんかは気を抜けば良からぬことに使ってしまいそうになるくらいに、魅力的だ」

「後半はちょっと共感することが……いえ、撤回します」

「撤回しないでよ」

神妙な空気を一撃で破壊するやりとりに、僕は思わず口を挟んでしまった。

頼むから、これ以上僕の周りに変態を増やさないでほしい。クムラとシスレの二人だけで、もう結構大変なんだから。

しかし、僕の訴えを完全に無視して、クムラは天井画を見上げた。

「あの天井に描かれている天使と悪魔についても、二人で感想を言い合ったね。どっちが正義か悪かで、意見をぶつけ合ったこともあった」

「はい。結局決着はつかず、判別をつけること自体が不毛ということになりました」

「そうだったね。そんな些細《ささい》な対立を繰り返していた時代は、君は私と対等に、一人の友人として接してくれていた。今ではもう、考えることができないけど」

「……だって」

グッと拳を固め、ファムは微《かす》かに顔を顰《しか》めた。

「今のクムラ様と私では、住む世界が全く違います。貴女《あなた》はブリューゲル王国最高の叡智《えいち》で、最重要人物です。対して私は、何処《どこ》にでもいる一介の研究者に過ぎません。私よりも上の立場で、私よりもずっと先にいて……背中を追い続けることしかできず、今では背中を視界に捉えることもできない私なんかが、当時のように接することなんてできませんよ」

形容することのできない表情と震えた声からは、ファムの強い感情が垣間見《かいまみ》えた。

対等だと思っていた相手が、自分よりもずっと上に駆け上がり、今では背中を見ることすらできないほど遠い存在になってしまった。生真面目なファムは劣等感に苛《さいな》まれ、圧倒的な差を見せつけられた衝撃を今も抱え込んでいるに違いない。

「もう、昔みたいにはなれないんだ……」

クムラは大切な何かを失い、喪失感に駆られたような寂しい声を震わせた。見える横顔が曇り、心痛を堪《こら》えているようにも見える。

かつては対等の立場で、切磋琢磨《せっさたくま》した二人。

才能と立場によって分かたれた二人の仲を悲しむように、静寂が空間を支配する。

時計の音も存在しない世界。それを打ち破ったものは、クムラの小さな吐息であり――一拍を置いて、クムラは悲哀が入り交じった微笑と共に、ファムへと切り込んだ。

隠すことなく、聞きたいことを、そのまま。

「私は――ファムに殺されるようなこと、しちゃったのかな」

「――っ」

核心を突く問いに、ファムは目を見開きながらも沈黙した。

大きな動揺が見られない辺り、知られていることは察していた、と思っていいだろう。こちらとしても、そのほうがありがたい。動揺や狼狽《ろうばい》、激しい抵抗をされると、話が全く進まなくなるから。

心を落ち着けるように自分の胸に手を当てたファムは、俯《うつむ》けていた顔を上げた。

「呼び出した理由は、やはり、そのことですか」

「うん。本当は禁忌図書館でも良かったんだけど……ヴィルが許してくれなくてね。ほら、彼は――死神だから」

　二人の視線がこちらに向いたと同時に、僕は大鎌をぐるりと回転させた。

死神。クムラが発した単語に含まれる意味を理解したようで、ファムは一度小さく身震いをし、僕が持つ大鎌の刃をジッと見つめた。

　答えを間違えれば、その錆《さび》となることを察して。

「……冗談、ではありませんね。私は、それだけの罪を犯しているのですから」

やがて諦めたように言い、ファムは視線をクムラに戻した。

「いつから、気づいていたんですか？」

「三日前。王城からの帰り道に襲撃を受けた時に、全てを知ったよ」

「？」

　どうしてそんなタイミングで？　と思っているのがよくわかる。仮に自分がボロを出してしまったのだとしたら、自分がいない時に気が付くのはあり得ない。それが疑いではなく確証ならば、尚《なお》の事《こと》。

　その疑問に律儀に答えるつもりらしい。クムラは首から下げていた自分の魔導羅針盤を掴《つか》み、それをファムに見せた。

「私の全知神盤《グリフ》だけではなく、『神が創りし羅針盤』はその全てが、十全な力を発揮できないことは知っているね？」

「は、はい。本来の七割程度しか発揮できないと」

頷《うなず》いたファムに、クムラはそのまま続けた。

「制限付きではあるけど、私は『神が創りし羅針盤』の力を十全に引き出す手段を持っているんだ。そして、その力を使って……ファムが浮かない顔をしている理由を調べた。見事に、この子は私が知りたいことを教えてくれたよ」

愛《いと》おしそうに魔導羅針盤を見つめるクムラ。

そんな彼女に僕は、そこまで教える必要はあるのか？　と、首を傾《かし》げた。

今のファムは命を狙う敵対者。魔導羅針盤を持つ魔法師としては、敵に手の内を明かすのは自殺行為に等しい。

態々《わざわざ》危険を冒す必要は何処にもないのに……。

そう思ったが、僕は言葉にしたい気持ちを堪える。この場はクムラに全て任せると決めた以上、彼女の意向に異を唱えるわけにはいかない。

それに、僕はあくまでもクムラの補佐官。彼女は僕よりもずっと賢く、先を考えて行動しているはず。今は普段の酔っぱらった姿とは切り離して、考えよう。

クムラは説明を続けた。

「ファムは『帝録写本』の力を使って私に呪いをかけて、殺そうとしているって。そのことに対して凄く悩んでいて、夜もまともに眠ることができていない。この子は、そう教えてくれた」

「……そんなことまで、わかるんですね」

「私の全知神盤《グリフ》は知恵と知識、そして——情報の羅針盤。過去、現在、未来。三つの時間軸に存在する全ての情報を引き出すことができる、常識外れの力を持っている。これくらい、造作もないことだね」

「……」

クムラによって明かされた全知神盤《グリフ》が持つ異次元の能力に、ファムは呆然《ぼうぜん》とした。

何処の国であろうと、情報は武器であり財産である。情報一つで人の、国の、世界の未来を左右することだって珍しくない。また、第三者に知られてはならない秘密というものは、個人だけでなく組織なども保持している。クムラの魔導羅針盤は、それら全てを無条件に入手することができるわけだ。ブリューゲル王国においては絶対に護《まも》らなくてはならない存在であり、他国にすれば絶対に野放しにすることのできない存在。

だからこそ、クムラを危険に晒《さら》したファムの罪は相当重い。普通なら、即座に死罪になるほどの大罪だ。

それを、ファムも認識しているようだった。

「……一つ、聞いてもよろしいですか？」

「答えられる範囲で、なら」

クムラが言うと、ファムは口内に溜《た》まった唾液を喉に通し、問うた。

「全てを知る力を持っていて……私をここに呼んだ理由はなんですか？　私が禁書の力を使って貴女を殺そうとしていることを知っているなら、すぐに騎士団へ通報すればいいんじゃ――」

「ファムの口から聞きたかったからに決まってるでしょ」

強い語気で言葉を遮り、クムラは真っ直《ま》ぐ《す》にファムを見据えた。

「私は全知神盤《グリフ》を信じている。この子が私に教えてくれたことなら、きっと本当のことなんだろうと思う。でも私は、ファムの口から真実を語ってほしいんだ。君は私に、本気の殺意を持っているのかどうか。私と出会ったことを後悔しているのか、私がこの世界に産まれたことを憎んでいるのか。問題の答え合わせがしたいんだ」

クムラの望みに、ファムは口を噤《つぐ》んだ。次いで、力強く拳を握りしめ、小刻みに肩を震わせる。閉ざした口元を見れば、奥歯を嚙《か》みしめているのがわかるほど、強張《こわば》っていた。

魔導羅針盤が示したものは、事実のみ。ファムが胸に抱いている本心は、まだわからないのだ。心の底からクムラを憎み、殺したいと思っているのか、否か。

僕もクムラも、願っていることは同じだ。本心は違っていてほしい。一時の感情に流されてしまっただけであり、今は、とても後悔していてほしい。

その答えを求めて待ち続けるが、ファムは何も言わない。

理由は明白。自分の気持ちを、彼女自身も明確に言い表すことができないのだ。強烈な劣等感と嫉妬心を抱いていたのは確かなのだろう。クムラがいなくなれば自分が上に立てると思ったことも、間違いではないと思う。でも、殺したかったのかと問われたら、首を捻《ひね》るだろう。

果たして自分は、どっちなのか。

そんな葛藤が表情に生まれ、数分が経過した時。

不意に、クムラが腰元から何かを取り出し、床に滑らせてファムに渡した。

「言葉で言い表せないなら――それを使って教えてほしい」

ファムの足先で止まったそれは――一本の短剣だった。銀色の刃に室内の光を反射させている、鋭利な凶器。生物の命をいとも簡単に刈り取ってしまう、危険な代物。

クムラが何を言いたいのかは、聞かなくてもわかる。

言葉ではなく、行動で示せ。

至ってシンプル。しかし、何よりも確実な意思表明だ。

「……」

呼吸を乱し、嫌な汗を額から流しながら、ファムは足元の短剣を手に取った。持ち手を握る両手は震え、彼女が極度に緊張していることが窺《うかが》える。

殺すか、生かすか。

二人に気づかれないよう、僕は大鎌を構えた。ファムが本気でクムラを殺そうとした時、二人の間に入ることができるように。クムラの盾となり――ファムに刃を向けるために。

最悪の事態を想定し、僕は静かに覚悟を決める。

だが——その覚悟は、無駄なものになった。

「！」

極限の精神状態で立ち尽くしていたファムが、両手に持っていた短剣を落とし、その場に膝から頽《くずお》れた。両手を床につき、大粒の涙を零《こぼ》しながら首を左右に振る。

「できない……」

それはとても小さな声だったが、無音の空間には大きく響く。

「あなたを殺すなんて……私は、なんてことを——……」

「……」

後悔の言葉を紡ぐファムを見つめながら、僕はクムラのほうへと歩み寄った。

これまでの気持ちはわからない。少なくとも、禁書の力を使った時には、本気で殺《あや》めたいと考えていたのだろう。しかし、こうして面と向かって相対したからか、はたまた時間が経過したからか、今のファムには微塵《みじん》の殺意もない。自分が犯してしまった罪を嘆き、悔いているように見える。その罪の意識で、自分自身を殺してしまいそうなほどに。

僕は隣のクムラを横目で見た。

「やり方が間違っているとは言わないけど、危険すぎるよ。いきなり短剣を渡すなんて……一歩間違えれば本当に死ぬよ」

「こうして生きてるんだから細かいことを言わないの。それに、私は信じていたからね」

「……もっと自分を大事にしてほしいよ」

「将来のことを考えて？」

「違う」

緊張を解き、楽しそうに笑うクムラに溜め息を吐《つ》き、僕はファムへと近づいた。

「ファム」

呼ぶと、彼女は顔を上げて僕を見た。

「ヴィル、様……」

「自分の過ちを後悔することを責めはしない。けど、君の罪科は償うことのできるものだ。禁書の力を使ってクムラを殺めようとはしたけど、被害は馬車が一つ無駄になったくらいだからね」

考えてみれば、それほど被害が出ているわけではない。馬車が一つ無駄になったことは事実だけど、それ以外は大したことがない。襲撃者はいつも通り僕が殲滅《せんめつ》したし、彼らの命を奪ってしまったとはいえ、そのお陰で王国に潜伏している犯罪組織の手がかりを得ることもできた。決して、極刑に処されるほどのものではない。

「ヴィルは殺されたけどね」

「クムラ。口を閉じる」

後ろを見ることなく、クムラへと注意。過ぎ去ったことを何度も掘り返すのは、好きではない。こうして生きているんだから、それでいいだろう。

一度咳払《せきばら》いを挟み、僕は白いハンカチでファムの目元をそっと拭った。

「気の迷いは誰にでもある。だから、大事なのはこれからの行動だよ。大丈夫。ちゃんと話し合いをすれば、二人にある蟠《わだかま》りは解消されるはずだからね。勿論《もちろん》、君にその気持ちがあれば、だけど」

少し意地悪な言い方をし、僕はファムの返事を待った。

信じている。彼女もクムラと同じく、関係を修繕したいと願っている、と。かつては級友として同じ学《まな》び舎《や》で過ごした仲だ。当時と立場は変わってしまったとはいえ、今の状態が永遠に続くことは望んでいないはず。

今回の件をきっかけとして、お互いの胸に溜め込んだものをぶつけ合うべきだ。全く隠さない本当の気持ちをぶつけ合えば、良い方向へと進めると思うから。

「私は――」

僕の手渡したハンカチを受け取り、乾いた唇に舌を這《は》わせて湿らせたファム。彼女は僕の背後にいるクムラへと視線を移し、何か言葉をかけようと口を開いた――。

「あーあ、失敗してしまったか」

幼い少女の声。

この場にいる誰のものでもないそれが空間に反響した直後、突然、ファムが身体《からだ》を揺らして前のめりに倒れこんだ。咄嗟《とっさ》に抱き留めるが、反応はない。何が起きたのかはわからないけれど、この一瞬で意識を失ってしまったことだけは理解できた。

合流した当初から体調は良くなかったけれど、突然気絶するようなものではなかった。

となれば――考えられることは一つしかない。

「やっぱり、そう簡単にはいかないものだね。順調に進んでいた物事が突然上手《うま》くいかなくなるのは、どうにもイライラしてしまう」

カツカツ、と靴音を鳴らしながら礼拝堂に姿を見せた人物の言葉に耳を傾け、僕はそちらへと顔を向けた。

絶妙なタイミング。訳を知っているかのような言葉と口調。

なるほど。つまり、ファムは彼女の掌《てのひら》の上で踊らされていたわけか。

一気に近付いた真実に心の水面を揺らしながら、僕はファムを片腕で抱き寄せたまま立ち上がり――反響する声の持ち主である少女に声をかけた。

「黒幕は君ってことでいいんだよね――エミィ」

その問いに、炎の灯《とも》る燭台《しょくだい》の傍《そば》で足を止めた少女――エミィは口元に笑みを浮かべ『その通り』と頷いた。

第五章 死神は万物に平等な死を与える

「前々から気味の悪い幼女だとは思っていたけど……」

礼拝堂内に突然姿を現した白衣姿のエミィを鋭い視線で睨《にら》み、クムラは一歩前に出た。

「爪を隠すのが上手だね。まさか、私たちに牙を剝《む》ける類の子供だとは思わなかったよ」

視線だけではなく、その声にも明確な怒りが含まれている。それは自分の友人を陥れたことに対するものなのか、あるいは一度僕を目の前で殺されていることに対するものなのか……もしくは、その両方なのか。判別することは難しいけれど、確固たる事実が一つ。

クムラは怒り心頭であるということ。

ここまで感情を剝き出しにしているクムラを見るのは、久しぶりだ。それだけ、エミィが行ったことを許せないと思っている証拠だろう。

ただ、今は感情に身を任せていい場面ではない。一歩間違えれば、命を落とす結果になることも十分に考えられる。憎むべき相手を前にした時こそ、普段以上に心を落ち着け、冷静になるべきなのだ。

「クムラ、下がって」

忠告し、僕はクムラにファムを任せ、二人の前へと出た。背中に、二人を隠すように。

「エミィ」

少女の名を呼び、僕は尋ねる。

「大聖堂の出入り口には衛兵がいたはずだけど……彼らはどうしたの？　簡単には中に入れてくれないと思うけど……」

「あぁ、邪魔だったからね。眠ってもらったんだ。二度と起きることはないけど」

「態々《わざわざ》妙な言い回しを……」

つまり、殺したということだろう。参ったな、余計な犠牲者は出したくなかったんだけど……手遅れだったか。

思うようにいかない現実に舌打ちし、大鎌の石突きで床を鳴らす。と、そこでエミィはクムラに支えられて目を閉じるファムに目を移した。

「彼女もよく働いてくれたんだけどね。本来であれば、呪いが発動した時点で役目を終える予定だったけど……流石《さすが》に、魔導姫が相手だと簡単にはいかない。いや、今回の場合は護衛である君が厄介だった」

僕へと視線を滑らせ、エミィは楽しそうな微笑を作る。

「君は魔法や呪いを無効化する特異な能力に、魔法なしでも超人的な強さを誇る。種族のわからない容姿といい、興味が尽きないね」

「……ファムに何をしたんだ」

エミィの言葉を無視し、眠るファムについて尋ねる。

きっと、何らかの魔法で眠らされているのだと思う。けど、仕掛けは他にもあるはずだ。

魔法で眠らされているだけなのだとしたら、僕が彼女に触れた時点で目を覚ますはず。しかし、ファムは眠ったまま。何らかの厄介なからくりがあるはずだ。

その問いに、エミィは自分の首筋に指を当てて答えた。

「君の能力で目を覚ますことはないよ。彼女の体内には今、一匹の蟲《むし》が寄生しているんだ。宿主を眠らせる物質を分泌し続けるから、取り除かない限り、ずっと眠ったままさ」

「その蟲とやらで、これまでファムを操っていたわけか」

「それは違うよ」

「？」

僕の言葉を即座に否定したエミィは白衣の内側に手を入れ、そこから一冊の禁書――『帝録写本』を取り出した。僕たちが持っているものとは違う、もう一冊を。

「この禁書には、使用者が抱いている負の感情を増幅させる能力もある。私はあくまでも禁書を渡しただけであり、使うと判断を下したのはその子だよ。禁書の影響は、大分受けていると思うけどね」

「……気に食わない」

その言葉を零したのは、背後にいるクムラだ。

エミィの言葉を要約すると、自分は禁書を渡しただけであり、自分には全く責任がない、というもの。被害にあっているこちらからすれば、原因を作ったのはエミィであり、責任は全て彼女にあるように思える。まるで自分は全く悪くないとでも言うような姿勢が、僕たちはとにかく気に食わなかった。

お灸《きゅう》は後程、絶対に据える。

大鎌を振るい駆け出したい気持ちを必死に抑え、僕は刃をエミィに向けた。

「目的は何なんだ？　執拗《しつよう》にクムラを狙っていたところを見ると、彼女の魔導羅針盤か？」

『神が創りし羅針盤』を狙っているというのならば、クムラを標的にした理由もわかる。

ただ、無駄と言わざるを得ないが。クムラの全知神盤《グリフ》は長い歴史の中で、ただ一人の適合者も現れなかった気難しい羅針盤だ。入手したところで、エミィが使用者となれる可能性は限りなく低い。守護者である僕に殺される可能性も考えると、とてもリスクに見合った行動とは言えなかった。

そう、僕は考えたのだけれど、

「違うよ、ヴィル君」

エミィは首を左右に振った。

「私たちは『神が創りし羅針盤』を求めているんじゃない。我々の目的は最初から――君のほうだよ」

「「！」」

自らの標的を僕だと告げたエミィは次いで、その場に片膝を突き――右腕に巻いていた包帯を解き、その下に刻まれていた、双頭の蛇の紋章を見せ、言った。

「ヴィル＝ラトゥール。我らが陛下は魔導姫の右腕として、貴方《あなた》を強く欲している。どうか、アルレイン帝国に仕えることを考えてみてほしい」

「……なんだって？」

　全く予想していなかった申し出に、僕は困惑してしまった。

　アルレイン帝国という言葉は、最近耳にしたばかりだ。緊張が高まる世界情勢の中、軍国主義の動きが特に顕著な国である。国力の増強を図り、世界中から優秀な魔法師を集めているという……その勧誘が、僕のもとにも来たということか。

　警戒を緩めることなく、僕はエミィに確認を取る。

「エミィはアルレイン帝国の工作員……ってことで、いいんだよね？　その紋章は、アルレイン帝国の皇家のものだし」

「正解だよ。正確には、他国の魔法師を引き入れるスカウトってところかな。この国に来て、考古学研究所に所属したのも……全部、君との接触を図るためさ」

「最初から僕を……そのことで一つ」

　ここから先は質問だらけになるかもしれない。なんて考えながら、僕はエミィに人差し指を立てて問うた。

「どうして僕なんだ？　国力の増強を図るなら、叡智《えいち》であるクムラを勧誘したほうが得られるものは大きいはず。僕を引き抜いたところで大したものは得られない。知っているだろうけど、僕はまともに魔法を扱うことができない半端者――」

「魔導姫の右腕と言ったろう」

エミィに言葉を遮られ、僕は押し黙った。同時に、まさか、と微《かす》かに目を見開く。態々僕を魔導姫の側近として迎え入れる、その理由は――。

「我々は諜報員《ちょうほういん》。情報を仕入れるプロだ。最優先目標である君の情報――魔導姫の力を十全に引き出す能力を持っていることを、知らないはずがないだろう」

「……そっか」

平然を装いつつも、僕は動揺を隠せずにいた。

それは、誰にも知られてはならないと国王陛下からも直々に秘匿を命じられている力。その能力を知った上で僕を狙っているというのならば、クムラよりも優先順位が高い理由にも納得できた。自国に魔導姫を持つ国からすれば、僕の力はあまりにも魅力的なのだろう。最強の戦力である魔導姫を、更に強化できるというのだから。

甘く見ていた。他国の情報収集力と、行動力を。

秘匿されている力のことを知っていると言うのならば、その他にも色々と知られているのかもしれない。何処《どこ》まで知っているのかを聞いてみたいところだけど、きっと教えてくれないだろう。いや、情報と引き換えに自国に来いと言われるだけだ。そんなことは絶対にできないので、必然的に、僕が知られてしまったことを知る機会はない。

「……狙いが僕ということは、つまり」

とある可能性に辿《たど》り着き、僕はエミィに確認を取った。

「今回の禁書事件は――魔導姫によって画策されたものなのか？」

何処の国においても、魔導姫は大きな権限を持っているはず。今回の一件が全て魔導姫によって行われていたものだとすれば……最悪の場合、国同士の小競り合いでは済まない戦いになるかもしれない。

多くの死者が出る事態になることを危惧したのだが……エミィは『違うよ』と、一拍を空けて否定した。

「うちの魔導姫様は結構面倒くさい性格をしていてね。欲しいものは、自分の力で手に入れないと気が済まないらしいんだ。今回の件を彼女が知ったら、きっと怒るだろうね」

「……」

密《ひそ》かにホッとする。

関与していないのならば、大きな戦いに発展することはないだろう。事態は何も良くなっていないけど、一先《ひとま》ず安心——した、矢先。

「ま、仮に今回失敗したとしても……うちの魔導姫様は、その内ヴィル君に会いに来ると思うよ。最近は君の写真を眺めてニヤニヤしていることが多いからね」

「なんで僕の写真なんて持ってるんだよ……」

額に手を当て、僕は深い溜《た》め息《いき》を吐《つ》いた。

きっと、諜報活動の一環として撮ったんだろうなぁ……こんなところで他国の魔導姫に狙われている事実なんて、知りたくなかった。今回の一件が無事に過ぎ去ったとしても、今後は魔導姫を警戒しなくちゃいけないのか。つくづく、僕の人生は大変なことの密度が濃い。

「さっきから話を聞いていれば――……」

と、そこで無言のまま会話を聞いていたクムラが声を上げた。

「アルレイン帝国がヴィルを奪うなんて、認められるわけないでしょ？　ふざけたことを言うのも大概にしてよ」

「そうだね。僕はブリューゲル王国の――」

「まだヴィルの童貞奪ってないんだからッ！」

「状況考えて貰《もら》っていいかな」

明らかに場と状況にそぐわないことを宣《のたま》ったクムラに、僕は即座に言う。この前の説教がまるで効果を発揮していない。あの時の反省した顔は、完全に嘘《うそ》だったようだ。何度も同じことを言うのは好きじゃないけれど、終わったらもう一度説教しておこう。

と、僕まで場違いな考えを浮かべてしまっていると――エミィが右手に装着していた腕時計を見た。

「無駄な時間を使い過ぎた……そろそろ、さっきの答えを聞かせて貰えないかな？　アルレイン帝国への従属。勿論《もちろん》、特別待遇で迎えることを約束するよ」

「……僕の答えなんて、聞くまでもないんじゃないかな」

既に何度も口にしているし、僕の答えなんて最初からわかりきっていることだ。心変わりすることなんてない。

僕は口を三日月に裂き、しかし、鋭い視線でエミィを睨《にら》みつけた。

「お断りだ。僕はこの国から離れるつもりはないし……第一、僕の大切な友人を使い捨ての駒みたいに扱った相手の手を取る気はない」

「そうか……残念だよ」

深い息と共に言葉を吐き出したエミィは次いで、手にしていた『帝録写本』を頭上に掲げた──瞬間。

「できれば、手荒な真似《まね》はしたくなかったんだが……仕方ない」

礼拝堂内に、紫色の瘴気《しょうき》が大量に発生した。

発生源はエミィが持っている禁書。怪しい輝きを放ち、膨大な瘴気を放出している。

何か仕掛ける気のようだ。一変した雰囲気から察した僕は大鎌にマナを流す。子供を殺すなんて嫌で仕方ないけれど、相手は帝国の工作員。こちらが被害に遭う前に、やるべきだ。

拒絶する感情を押し殺し、少女の命を刈り取ろうと膝を屈《かが》める──が、駆け出すことはできなかった。

「……力ずくってことか」

空間に広がっていた瘴気はやがて、様々な種族の形へと変化した。人間族、悪魔族、天使族、妖精族。あらゆる種族の姿を模《かたど》っている。

まるで亡霊。薄気味悪いそれらは共通して首から鎖のようなものを生やしており、奴隷のようにも思えた。

数にして五十を超える霧の者たちに注意を向けつつ、これらは一体何かを問うため、エミィを見やった。

「彼らは魂を売った者たちだよ」

僕が尋ねる前に、エミィは答えを告げた。

「禁書の力は対価なしで使えるものじゃない。人を呪わば穴二つ。呪殺に成功した場合、術者の魂は永劫《えいごう》に禁書の奴隷になるんだ。彼らは皆、過去に『帝録写本』を使った呪殺に成功した者……の、魂だよ」

「そんな悪趣味な代物をファムに使わせたのか……益々《ますます》気に食わない。長時間の説教が必要だね」

「その余裕が何処まで続くのか、見ものだね」

余裕の笑みを口元に作ったエミィは片手を上げ、突撃の号令をかけるように、手首を前方に曲げる。

それをきっかけとして、礼拝堂内に出現した亡霊たちが一斉に襲い掛かってきた。各々が瘴気で生み出された武器を振りかざし、僕の命を刈り取ろうと迫ってくる。

忘れてはならないのは、亡霊の全ては禁書の能力によって創られているということ。彼らが持つ武器も同様であり、たとえそれらが僕に直撃したとしても、僕にダメージを与えることはできないのだ。接触した瞬間、マナの残滓《ざんし》となって消滅することだろう。

けど、だからと言って放置することはできない。あくまでも無傷でいられるのは僕だけであり、背後にいるクムラとファムには攻撃が通じてしまうのだから。二人の身を護《まも》るため、僕は全ての亡霊を殺さなくてはならないのだ。

まぁ、つまり……僕のやることは普段と何も変わらない。一人対大人数での戦いなんて、僕からすれば日常茶飯事。客観的に見れば不利な状況だとしても、何ら問題ではない。戦いの制限を設けず、相手を殺すことにのみ注力できるなら……僕が負ける道理はないのだ。

八方から迫る亡霊を前に、僕は一度全身の力を抜き――裂帛《れっぱく》の気迫と共に亡霊へと肉薄し、一閃《いっせん》。大鎌を振るい、研ぎ澄まされた刃で瘴気の身体《からだ》を両断していく。反撃の機会など一切与えず、僕の攻撃が届く範囲に足を踏み入れた亡霊は例外なく叩《たた》き斬る。

身体を刻まれた亡霊は霧のように揺らめき、数瞬の後にマナの残滓となって消滅した。

この光景はもはや、戦いではなく蹂躙《じゅうりん》。大鎌を振るいながら礼拝堂内を駆け回る僕に、亡霊たちは反応することもできていない。僕と戦うことはできないと判断したのか、標的をクムラとファムに移した個体も現れた。しかし、身体を彼女たちに向けた瞬間を僕が見逃すはずもなく、その個体は他の亡霊たちよりも優先的に殺して回る。

刃で斬り、石突きで叩き潰し、拳や足で砕く。

数十秒ほど蹂躙を続け、周囲の亡霊は大分数を減らしたように見えた――しかし。

「次から次へと……」

僕たちを取り囲む亡霊たちの背後——元凶である禁書を持つエミィの傍《そば》では、次々と新たな亡霊が生み出されていく。僕が一体殺せば二体、二体殺せば三体と、減った数以上の亡霊が補充されていくのだ。一時的に数が減っても、すぐに戻ってしまう。

減っていくのは時間と、僕の体力のみ。どれだけ殺しても、キリがない。

一度クムラとキスをして、魔法を使えるようにしておくか。

戦いの最中に考え、即座に否定する。キスをすること自体は問題ない。僕が死王霊盤《ベマーラ》の能力を用いれば、停滞する今を変えることなど造作もないこと。現時点では、それが最善の選択だ——できるのであれば。

現実的には難しい。生み出されては襲い掛かる亡霊たちを相手にしている今、キスは決定的な隙になってしまう。その間にクムラやファムに危害を加えられてしまったら……そう思うと、危険な橋を渡ることはできない。

やむを得ない。ここは一度、亡霊が数を減らした瞬間に二人を抱え、強引に距離を取るしかないか。

状況を打開できる策はそれしかないと考え、行動に移そうとした——時。

「最初から、わかっていたことだよ」

唐突に、エミィが喉を震わせた。

「大勢の襲撃者に見舞われる禁忌図書館の守護者として君臨している君には、たとえ魔法が使えない状態だとしても、勝つことができないということは」

「今は、結構厳しい状況なんだけど？」

「それは背後にいる彼女たちのことがあるからだろう？　君一人だったのならば、こんな亡霊たちがどれだけいたところで、話にならなかったはずだ」

「……」

確かに、それは事実だ。僕がこの場を離れることができないのは、二人を護らなくてはならないから。もしも僕一人だけだったならば、すぐにでも亡霊を薙《な》ぎ払い、奴《やつ》らを生み出している禁書を破壊する。五秒もあれば、終わらせることができる。

ただ、そんな仮定の話をしても仕方がない。今の僕は、二人を護りつつ禁書の力を封じる方法を考えなくてはならないのだから。

「一つ……君に謝らなくてはならないことがあるよ。ヴィル君」

近くにいた一体を薙ぎ払い、クムラたちに近付く亡霊を倒した直後、エミィが言った。

「先ほどの会話の中で、私は、小さな嘘を吐《つ》いてしまったんだ。些細《ささい》で小さな嘘だけどね」

「謝る、なら、今の、状況を生み出していることに……謝ってほしいんだけど！」

少し息を切らしつつ、また数を増やした亡霊との闘いを継続させながら叫ぶ。今更、何を謝ることがあるというのか。謝罪をされたところで受け取るつもりはないし、彼女は敵だ。

なのに……何故《なぜ》だろう。本来ならば耳を傾ける必要すらない。

エミィが『嘘』と言った瞬間、僕は——自分が何か、重大なミスを犯している気がした。

守護者である僕が絶対に犯してはならない、大きな失態を——。


「……え」


その声の主は、僕の背後にいるクムラだ。彼女は自分に何が起きたのかがわからない様子で、自分の胸元をジッと見下ろしている。

正確には——短剣が突き刺さった、心臓部を。

纏《まと》う衣服に赤い模様が広がり、数拍の後、その染料はクムラの口の端を伝った。

致命傷だ。

認めたくない現実に身体の動きを止めていると、そんな僕に、エミィは言った。

「ファムの中にいる蟲《むし》はね……宿主を操る力を持っているんだ」

その言葉が真実であることを示すように、ファムの首筋からは白い芋虫が肉体の半分を露出させており、キーキー、と金切り音のような鳴き声を上げている。

そして次の瞬間——意思を持たないファムはクムラの胸に刺さる短剣を掴《つか》み、躊躇《ためら》うことなく、一気に引き抜いた。

傷口から零《こぼ》れ落ちる大量の血と、蒼白《そうはく》な顔で背中から倒れるクムラ。焦燥に駆られるままに床を蹴った僕は大鎌を振るいファムの首筋にいた蟲を両断。それがマナの残滓となって消滅するのを見ることなく、倒れたクムラの上体を抱き起こした。

「……ヴィル」

今にも消えてしまいそうなか細い声で僕の名を呼んだクムラは、震える手を伸ばし、僕の頬を優しく撫《な》でる。冷たい。大量の血を失った彼女の体温は低下する一方だ。それは同時に、彼女に死が近付いていることを意味している。

最も起きてはならない、最悪の事態だ。

僕の心を支配しているのは、護るべきクムラを死なせてしまう自分に対する侮蔑だけ。今この瞬間も、命の炎を小さくさせていくクムラを見ているだけで、心が締め付けられる。儚《はかな》い少女の顔を、苦しみと血で染めてしまったことへの、罪の意識で。

「ごめん、ね……油断しちゃ、た……」

目尻に涙を浮かべ、無理矢理笑みを作って言うクムラ。胸の痛みがさらに増す中、頬に当てられていた彼女の手に自分のそれを重ね、告げる。

「ごめん、クムラ。君に辛《つら》い思いをさせてしまって……」

目を伏せて贖罪《しょくざい》の言葉を口にした僕は、胸元の魔導羅針盤を握る。

今度は、もう――。

僕の言葉を聞いたクムラは儚い微笑のまま頷《うなず》き――、

「ク、ムラ……？」

体内の蟲が消滅したことによって意識と正気を取り戻したファムが、現実を疑うような声でクムラの名を呼んだ。

その声音に宿っている感情は、動揺だ。

傷口から溢《あふ》れ続ける血で、翼や服を赤く濡《ぬ》らす友の姿に、心が大きく揺れている。瞳を揺らすファムの表情からは、目の前の光景を受け入れたくないという心境が読み取れた。

だが……どれだけ願っても、現実は変わらないものなのである。

「やっと、起きた？　お寝坊、さん……」

掠《かす》れた声で言ったクムラはファムへと顔を向けた。

「フフ、いい、でしょ？　ヴィルに、起こしてもらう、の」

「これ……私が、やったの？」

「さぁ？　どう、だろ。憶《おぼ》えてないなぁ……カハッ」

血を吐いたクムラの身体には、もう力が入っていない。当然だ。クムラは誰がどう見ても助かることのない状況。もう間もなく、クムラの命は終わりを迎える。

この取り返しのつかない現実を自分が齎《もたら》したのだと理解したファムは、口元に手を当て、両の瞳から涙を流して呼吸を乱した。

ここは、二人の時間にしたほうがいい。

そう考えた僕は取り乱したファムに、クムラを預け——鋭く低い声で牽制《けんせい》した。

「動くな」

殺意を向ける相手は、こちらに近付こうと足を踏み出したエミィ。僕の声が響いた直後、

彼女は『怖い怖い』とおどけた様子で踏み出した足を戻し、両手を上げた。

「そんなに殺意を向けないでよ。私はまだ十歳の子供なんだからさ。それに、別に邪魔をするつもりはないよ。好きなだけ、最後の別れを惜しむといい」

「首を切断されたくないなら、今すぐに口を閉じることをオススメする」

「忠告ありがとう。では、そうしようか」

口元に人差し指を当てたエミィは、白衣のポケットに両手を入れて沈黙した。

少なくとも、二人のやりとりが終わるまで……クムラが絶命するまでは何もしないと判断し、僕は殺気を消した。

「いやぁ……ごめん、ね。ファム」

苦しみを隠すように、精一杯の笑みを作ったクムラが、ファムに謝った。

「私、昔から鈍感だからさ……君が苦しんでいることに、気づいてあげられなくて」

「何言ってるの――ッ」

勢いよく首を左右に振り、ファムは否定した。

「悪いのは、全部私だよッ！　勝手に劣等感を抱いて、嫉妬して、自分の実力不足を貴女《あなた》のせいにしようとして……挙句の果てに、その弱い心に付け込まれて、貴女を……傷つけて……取り返しのつかない事態を招いて……っ」

止めることのできない滂沱《ぼうだ》の涙を流し、ファムは、叫ぶように声を震わせた。

「ごめんなさい……ッ！　クムラ、私……なんてことを……っ」

謝罪の言葉は礼拝堂内に響き渡り、鼓膜を強く揺らした。

長年の蟠《わだかま》りは、これで晴れたのかはわからない。だが、彼女が紡いでいる言葉は紛れもなく、心の奥底に沈めていた本心だ。犯してしまった罪は、起こしてしまった間違いは取り消すことができない。だが、間違いを認め、罪を償い、心を入れ替えることはできる。

「……」

ファムの、心からの謝罪を聞いたクムラは嬉《うれ》しそうな微笑《ほほえ》みを浮かべて頷き——最後に僕に視線を向け、意識を手放した。

「クムラ……？」

異変に気が付いたファムがクムラの身体を揺らすが、反応はない。彼女は虚《うつ》ろな目を半分閉じ、呼吸を、鼓動を、時間を止めていた。

一人の少女の命が今、終わりを告げた。

その事実は亡骸《なきがら》を抱くファムに突き刺さり、重くのしかかる。

「……」

命の灯を消したクムラを見つめ、僕は心臓を襲う痛みを和らげるために、深い息を吐いた。

ファムの精神的なショックは、計り知れない。クムラの亡骸を抱いたまま、呆然《ぼうぜん》と涙を流し続ける姿からも、相当大きな衝撃を受け、心がボロボロになっていることは容易に想像ができる。このまま一人にしたら、転がっている短剣を拾い上げ、自分の喉元に突き立てしまいそうだ。

そうなる前に――本当に取り返しがつかなくなる前に、何とかしないと。

「……ヴィル様。私は、どうすれ、ば……」

「ファム……」

憔悴《しょうすい》しているファムに、なんて言葉をかければいいのか。

明確な答えは見つからず、僕は彼女の傍に膝を折り、肩に手を置いて慰めることしかできなかった。

彼女が抱くクムラの亡骸は、見ているだけで辛くなる。

普段は素っ気なくあしらっている僕だって、本当は彼女のことを大切に想《おも》っているのだ。

苦しみに満ちた顔なんて、見たくない。できることなら、クムラにはいつでも、笑っていてほしい。

だから――僕は、僕のやるべきことをする。

決意した僕は自分の役目を、責任を果たすため、ファムが抱いていたクムラの亡骸――その穏やかな死顔に手を添えた。

「中々、感動的な最期だったね」

沈黙を破ったエミィが、まるで喜劇を観覧した感想を言うように告げた。

「大きな亀裂から関係が冷え込んでいたかつての友人同士が、片方の死に際に友情を取り戻すなんて、面白い。態々《わざわざ》亡霊たちを止めて鑑賞した甲斐《かい》があったよ」

「……」

手を叩《たた》いて笑うエミィを睨《にら》み、次いで、僕は周囲を取り囲んでいる動かない亡霊たちを見た。彼らは石像のように動かず、その場に立ち尽くしている。全く襲ってこないことを不思議に思っていたけど、エミィが止めていたらしい。慈悲のつもりなのか、はたまた二人のやりとりを見たかっただけなのかは定かではないけど……そんなことはどうでもいい。理由がなんであれ、感謝をするつもりなんてない。クムラを殺したエミィを許すこともない。

それに……もう、遠慮する必要もないんだ。

「さてさて」

気持ちを切り替えるように言い、エミィは僕に手を差し向けた。

「クムラ君が死んだところで、もう一度聞こうか」

「何を？」

「決まっているだろう？　勧誘の件だ」

人差し指を自分のこめかみに当て、エミィは続けた。

「ヴィル君がこの国に留《とど》まる理由は、クムラ君に対する恩義や、特別な想いが大きいはず。ならば、理由そのものであるクムラ君が消えた今、答えが変わる可能性だってあるだろう？」

「……僕の気を変えるために、クムラを殺したのか」

「勿論《もちろん》、惜しいことをしたとは思う。彼女の叡智《えいち》は非常に有用だからね。けど、幾ら叡智の羅針盤であろうと、ヴィル君の価値には及ばない。君がうちの魔導姫と手を組めば、世界の覇権を取ることができるかもしれないんだからね……さぁ」

真《ま》っ直《す》ぐに僕の瞳を見つめたエミィは、差し向けた手をさらに前へと突き出し、僕に回答を求めた。

「君の答えを教えてよ。服従か、抵抗か」

「……」

僕は一度目を閉じた。

確かに、エミィの言っていることは間違いない。僕がブリューゲル王国に拘《こだわ》っている理由は、クムラの存在が大きい。彼女が死んでしまったのならば、もうこの国に留まる理由はない。より良い待遇が受けられる国へと移ってしまったほうが、いいのかもしれない。

この提案は、僕にとって大きなメリットを孕《はら》んでいる。

……まぁ、たとえどれだけの好待遇で迎え入れると言われても、僕の答えが変わることはない。まだ――クムラの件は終わっていないから。

エミィの問いに答えることはせず、僕はファムに顔を向けた。

「ファム。これが終わったら……もう一度、面と向かって話し合いなさい。今度はお茶を用意して、お互いに――クムラもファムも、心を落ち着かせた状態で」

「え……それは、どういう――」

言葉の意味を理解できないファムは、困惑した様子を見せる。が、今は丁寧に疑問に答えている余裕がない。説明は言葉ではなく——その目で見て貰《もら》うことにしよう。

「経験不足だね、エミィ」

「……何？」

訝《いぶか》し気《げ》に眉を顰《ひそ》めたエミィに、僕は冷笑を向けた。

「これを機に学ぶんだ。魔法師は追い詰められた時にこそ、自分の真価を見せるものだということを」

告げ、僕は冷たくなったクムラの亡骸に顔を近づけ——躊躇《ためら》いなく、彼女の冷たい唇に自分のそれを重ねた。

この口づけには、性愛の類は一切ない。

多くの恋人たちが愛を確かめ合うために行うものとは異なり、これは、僕が持つ力を発動させるために必要なプロセス。

加えて——大切な人を復活させるための、特別な儀式だ。

「——え」

ファムが驚きの声を漏らす。

それは恐らく、僕に口づけをされているクムラの身体《からだ》に変化が現れたからだろう。短剣によって穿《うが》たれた胸の傷から流れていた血は、僕と唇を合わせた瞬間に止まる。加えて、直視するのも躊躇われるほど深い傷口を白い光が包み——一瞬後、まるで初めから傷など存在しなかったかのように、綺麗《きれい》な肌へと成り代わった。また、心臓が止まったことによって冷たくなっていた身体に熱が宿り、青白くなっていた肌には血色のいい色艶が蘇《よみがえ》った。

間近でこの光景を見ているファムには、僕がクムラに命を吹き込んでいるように見えることだろう。その表現はあながち間違いではないけれど、本質的なものは全く違う。

「…………ん」

時間にして二十秒。

長い口づけを終えて唇を離した直後、永遠の眠りに就いていたクムラがゆっくりと目を開いた。やや潤んだ瞳で至近距離にある僕の顔をジッと見つめ、やがて嬉しそうに微笑み、彼女は僕の頬に手を伸ばした。

「……王子様のキスで目覚めるのも、悪くないね」

「僕は王子様じゃなくて、怖い死神だよ」

「私にとっては、誰よりも愛《いと》おしい王子様だよ。まぁ、残念ながら君とのキスを味わうことはできなかったけど」

軽口を叩いたクムラは上体を起こし、直前まで死んでいたことが嘘《うそ》のように『よく寝た～』と呑気《のんき》に腕を伸ばした。

見たところ、身体に異常はない。後遺症の類もなさそうだ。

生命活動を停止した死者から、健康な生者へと蘇ったクムラに安堵《あんど》の息を吐き、さて、と僕は自分のやるべきことを果たすために立ち上がる――と。

「クムラッ!!」

「うぇ――!?」

叫んだファムがクムラに正面から抱き着き、泣きながら彼女の胸に顔を埋《うず》めた。そのまま言葉を発する事もなく、嗚咽《おえつ》を零《こぼ》しながら、クムラの心臓の鼓動を確認するかのように顔を押し当てる。

「えっと……どうすればいいの？」

困惑した様子でクムラは僕に助けを求めるが、僕は苦笑交じりに首を横に振った。

抱き着いてきた友人の対処法は、僕にはわからない。しかもそれは、死からの復活に喜ぶ友なら、尚更《なおさら》ね。ただ、振り払ったり突き放したりするのは可哀《かわい》そうなので、しばらくそのままでいてもらうしかない。

さぁ、やろうか。

足を数歩前に動かした僕は弛緩《しかん》していた気を引き締め、胸元で光る相棒の魔導羅針盤――死王霊盤《ベマーラ》を手に取り、マナを流して蓋を開いた。

その指針は今、北の方角に埋め込まれた晶石に向いている。

「ありがとう、クムラ」

「ん？　何が？」

「僕の代わりに――死んでくれて」

大抵の人は、このお礼の言葉を理解することができないだろう。死んでくれてありがとう、なんて、あまりにも不謹慎すぎる。蘇った者に対して贈る言葉としては、不適切極まりない。

だが……その言葉の意図を理解できる数少ない天使であるクムラは、満面の笑みで、僕に親指を立ててみせた。

「どういたしまして！　後はお任せするよ、旦那様？」

「だから、僕は君の旦那様じゃないって……」

いつも通りのやりとりに何処《どこ》か嬉しく思いながら、僕は口を開いたまま硬直しているエミィへと意識を向けた。

「……死者の復活、だって？」

声音から感じられるのは、あり得ない現実と得体の知れない力に対する、明確な恐怖だった。知性のある生物は、自分の理解が及ばないものに対して恐怖を抱くという。エミィは今正に、理解できないことへの恐れを体感している真っ最中。理解しようという思考すらも放棄して、ただ呆然と、蘇ったクムラと蘇らせた僕を見つめている。

まだだ。まだ、エミィが味わう恐怖は終わっていない。

寧《むし》ろ、これからだ。これから彼女は、今以上に心を摩耗し、へし折ろうとする恐怖と相対することになる。死者の蘇生《そせい》なんて、僕が持つ真価の断片でしかないのだから。

「冥王凱旋《リゼル》」

宣言し、僕は濃密なマナを魔導羅針盤に込めた。

指針が指し示す北の晶石が白く強い光を放ち、同時に、足元から発生した黒い霧が僕の全身を覆い隠し、包み込んだ。

視界が黒一色に染まる中、僕はゆっくりと目を閉じる。

寒い。身体の芯から凍り付いてしまいそうなほどの寒さを覚えた。まるで、真冬に凍り付いた池に身体を浸しているような、間近に死を感じさせる冷たさだ。

しかし反対に、胸の奥では燃えるような熱も存在しているように思える。

熱と冷気。相反する二つを同時に感じながら、僕は黒い霧が晴れたことを確認し――瞼《まぶた》を上げる。

「……相変わらず、不気味だ」

鮮明になった視界の中、僕は自分の姿を見下ろし、物憂げに言った。

今の僕は、もはや天使というには不気味過ぎる姿をしている。

古代の人々が身に着けていたキトンと呼ばれる黒い服を身に纏《まと》い、両手には二振りの黒い大鎌を手にしている。腰に生えた四つの翼は濁った灰色に変色し、両の瞳は深紅に染まった。

加えて――全身の肌に生まれた無数の眼球が、僕の悍《おぞ》ましさを際立たせている。翼と同じ灰色の虹彩《こうさい》を持つ眼球は、その全てが不規則に瞬《まばた》きを繰り返し、絶え間なく八方へ視線を飛ばして動き続ける。

天使という神に創造された存在には相応《ふさわ》しくない、見る者に恐怖と不快感を与える姿。死神という言葉が僕以上に似合う者は存在しないとすら思わせる、歪《いびつ》な容姿。

冥王凱旋《ベーマーラーリーゼール》。

死王霊盤に格納された最強の魔法——真価が、この魔法だ。

生殺与奪の権を握る死の天使を……勝利の死神を凱旋《がいせん》させる。僕が死を望んだ対象は、その時点で命の終わりが確定する。肉体を殺し、絶対零度の冥府へと魂を誘うのだ。

「随分と、悍ましい姿になったものだね……」

変わり果てた僕の姿に、エミィは額から嫌な汗を流しながら、虚勢を張って告げる。しかし、身を襲う恐怖を完全に殺し切ることはできなかったようで、震える膝に手を置き、必死に押さえている。

早熟とは言え、十歳の少女にこの姿は刺激的過ぎたらしい。気を失わないだけ、エミィは心が強いほうだろう。

全身の眼球を一斉にエミィへと向け、僕は言葉を返した。

「自覚はあるよ。全身に眼球を持つ存在なんて、この世界には他に存在しない。神話に登場する怪物のようで……この姿の僕は、あまりにも不気味過ぎる」

自嘲気味に言い、右腕の眼球を見た。

第一印象は最悪。こんな僕に近付きたいと思う者はいないだろう。

他者から恐れられる化け物。ある意味、死神と呼ばれる僕にはお似合いの姿なのではないだろうか。少なくとも、今の僕を見て好意的な感情を持つ物好きは存在しな――。

「はぁ～……普段と全然違うヴィルも格好いいなぁ……」

聞こえてきた声に、僕は振り返る。

前言撤回。そういえば、一番身近なところに物好きがいた。今も怪物のような外観をしている僕を、うっとりとした目で見つめている。恋は盲目というけれど、感性まで捻《ね》じ曲がってしまうものなのだろうか。

本当に、さっきまで死んでいたとは思えない。

蘇ったばかりとは思えないほど元気なクムラに、僕は嬉《うれ》しいような、残念なような、複雑な気持ちを抱く。元気なのは良いけど、もう少し大人しくてもいいのではないだろうか、なんて思いながら、僕は両手に持っていた二振りの大鎌の刃を床へと突き立てる。

瞬間――僕を起点として、礼拝堂の床に巨大な魔法陣が展開。赤い光を放つそれは、堂内を同色に染め上げる。

「クムラを殺したのは愚策だったね。僕を魔法が使える状態にしてしまったことを、深く後悔するといい」

「……まだ、終わったわけじゃないだろう」

魔法陣の外側へと移動しつつ、エミィは強気に僕を睨《にら》んだ。

「たとえこの場にいる全ての亡霊を倒したとしても、この『帝録写本』にはまだ、千を超える亡霊が封印されている。数は力。数百年の間で膨大な数の魂を取り込んだ禁書の前には、幾ら魔法が使えたところでマナが枯渇するのが先――」

「数の暴力を無に還《かえ》す力を、君は知っているはずだろう」

「――」

僕が言っている意味がわかったのか、エミィは言葉を失った様子で目を見開く。まさか、と呟《つぶや》き硬直する彼女に、僕は片目を瞑《つぶ》ってみせた。

答え合わせをする必要はない。今から、それを見せるのだから。

「――黒茨女神《セラミル》」

その魔法を唱えると同時――魔法陣の枠内に、無数の黒薔薇《ばら》が姿を現した。緑の茎には鋭利な棘《とげ》を纏っており、触れれば容易《たやす》く肌を切り裂く。滑らかな手触りの花弁は閉じられており、柱頭や雄蕊《おしべ》を花弁の内側に包み隠している。

「これは……」

背後にいたクムラが呟き、黒薔薇に触れようと手を伸ばした。が、彼女がそれを摑《つか》むことは叶《かな》わず、黒薔薇は白魚のような手をすり抜けた。

「え、なんで……？」

「残念。これは僕にしか触れることのできない黒薔薇だよ」

落胆したクムラに教え、僕は足元に咲いていた一輪を優しく摘み取った。

他者が触れられない理由は単純。この黒薔薇は、単なる植物ではないのだ。死王霊盤《ベマーラ》によって生み出された特別な存在であり……死を司《つかさど》る女王、そのものだから。

「──【汝《なんじ》は茨と共に眠りに就く。黒き茨の女神は死へと誘う】」

文言を唱えた直後、僕は少し甘い香りが漂う花弁を顔に近付け──瞳から零れ落ちた赤い血の涙を、花弁に落とした。

途端、礼拝堂内にある全ての黒薔薇が花開き、パイプオルガンを奏でたような、幻想的な音色が響き渡った。

それは降臨、凱旋の調べ。

讃美歌《さんびか》にも思える神々しい響きが空間に浸透する中、僕の手中にあった黒薔薇は白い光に包まれ──それはやがて、一人の美しい女神へと姿を変化させた。

黒い長髪を持つ彼女は、全身を黒い衣服や装飾で包んでいる。黒薔薇の髪飾りに、漆黒のドレス。赤いリボンがあしらわれた黒いブーツなど、白い肌と相反する装い。

黒薔薇から生まれた彼女は眼前にいる僕をジッと見つめ、思わず目を奪われる微笑を浮かべていた。そして、僕が次に取る行動がわかっているように、そっと右手を差し出した。

女神の降臨に感謝と敬意を。

胸に手を当て一礼した僕は彼女の前で跪《ひざまず》き──差し出された手を取り、その甲に、優しく口づけた。

──茨よ。

頭の中に直接届いた、女神の勅命。

それを受けた全ての黒薔薇は風に吹かれたように咲き誇った花弁を揺らし、瞬間、花園で直立していた亡霊たちへと巻き付き、瘴気《しょうき》の身体をマナの残滓《ざんし》すら残さず消滅させた。寸前まで亡霊が留《とど》まっていた場所には新たな黒薔薇が生まれ、数秒と経《た》たずに成長し、美しい花を開かせる。

亡霊は皆、黒薔薇になったのだ。

堂内にいた亡霊は、およそ百体。しかし、花園に新たに芽吹いた黒薔薇の数は、その十倍を超える。

女神の勅命によって消滅した亡霊は、堂内に顕現していた個体だけではない。茨はエミィが手にしていた『帝録写本』にも伸びており、その中に残されていた亡霊も、新たな花園の住人として加えられたのである。

もう、あの禁書は脅威ではない。全ての亡霊を失った今、呪いの効力を持つだけの本に過ぎないのだ。しかも、片割れのみならば猶更《なおさら》のこと。

「ありがとう、女神様」

危険な亡霊を消し去った女神に感謝を伝えると、彼女はどういたしまして、とでも言うように片目を瞑り——僕の額に祝福のキスをした後、黒薔薇の花園と共に、姿を消した。

相変わらず、摑みどころのない女神様だ。大人の貫禄《かんろく》というか、余裕というか、そういったものを見せつけてくれる。一度くらい会話をしてみたいと思っているのだけど、彼女は話す事ができないのか、応じてくれた試しはない。脳内に直接語り掛けることはできるようだけど……それは命令を下す時だけなのか、あるいは——いや、今はやめよう。まずは残っている問題を片付けなくては。

思考を振り払い、僕は床に突き刺さっていた二振りの大鎌を引き抜いた。

「『神が創りし羅針盤』……」

その時、禁書を床に落としたエミィが自分の敗北など気にしていない様子で、声を震わせた。瞳は輝き、頬は紅潮しており、とても興奮しているのが伝わってきた。

彼女は工作員であるが、研究者でも、魔法師でもある。全世界の魔法師と研究者が求める最高峰の魔導羅針盤の力を目の当たりにすれば、そんな反応をするのも無理はない。

「我々が君を求めたのは間違いではなかった！　その絶対的で、美しく、恐ろしくもある力を目の前で見せつけられて、求めるなというほうが酷な話だ。何としてでも帝国に連れ帰らないと——」

「そこまでにしてくれ」

盲目的に口走っていたエミィに告げ、僕は大鎌を一度振るい、彼女を睨んだ。

「何度も言っているだろう。僕がアルレイン帝国に行くことは絶対にない。それに、君が本国に帰ることもない。君の身柄をこれから騎士団に引き渡し、洗いざらい吐いてもらう——」

低い声で言いながら、大鎌を手にエミィへと歩み寄っていた——その時だった。

『──それは困る』

この場にはいない男の低い声が聞こえ、次の瞬間、エミィの背後に大きな黒い穴が穿《うが》たれた。異空間への入り口とも言える、先の見えない大穴。それにエミィが気が付く前に、穴の奥から伸びた巨大な手が彼女の身体《からだ》を鷲掴《わしづか》みにした。

「──ッ！　ウォルンか──ッ！　離すんだ──ッ！」

『馬鹿野郎、名前を出すんじゃねぇ。暴走し過ぎだ』

空間の穴から声は響き、エミィを掴む巨大な手の親指が、彼女の頭をグリグリと撫《な》でる。

『今回は諦めろ。お前が死神に接触したこと、姫にバレてるぞ』

「っ！　何だって!?　本当かい？」

『マジだよ。つか、そこで起きた一部始終はバッチリ見てた──』

大人しく会話を待つ必要はない。

このままでは逃げられると判断した僕は一気に駆け出し、エミィを掴む巨大な手を切断しようと大鎌を振り下ろす。が、刃が手の腱《けん》を断ち切る寸前、それに感づいたのか、目標の手はエミィを掴んだまま勢いよく空間の奥底へと消えていった。

空を切った大鎌から生まれた斬撃が、延長線上にあった壁に直撃し、抉《えぐ》る。目標を捉えきれなかったことへの悔しさに歯噛《はが》みすると、途絶えていた男の声が再度響いた。

『あ……っぶな。危うく斬り落とされるところだったぜ』

「エミィを引き渡しなよ。逃がすわけにはいかないんだ」

苛立《いらだ》ちを隠すことなく声に乗せると、男は僕の要求には応じず、エミィと話していた時とは声音を変えて言った。

『ブチ切れているのは当然だと思うが……いや、まずは一連の事を謝罪させてほしい。うちの馬鹿が申し訳ないことをした』

「言葉の謝罪は不要だ。というか、本当にそう思っているのならエミィを渡してよ」

『悪いが、それはできない相談だ。どうしても、そっち側に手を引いて貰《もら》わなくちゃならない』

「できない相談っていうことは理解、してる？」

全身の目を大きく開き、一斉に空間の穴に向けた。

簡単に引けと言うけれど、事態は既に引くことができないものになっている。僕もクムラも蘇《よみがえ》ったとはいえ殺されているし、大聖堂の衛兵も殺されてしまった。殺人者を野放しにすることはできないし、ましてや他国に連れていかれるなんて、認められるはずがない。

その旨を伝えると、相手は理解を示しつつも……こう言った。

『戦争の引き金を引きたくはないだろう？』

「チッ――。……クムラ」

相手に聞こえるよう大きな音を立てて舌打ちをし、僕はクムラに助けを求めた。

こういう交渉事は、僕の仕事ではない。事が国に関わる大きなものであれば、尚《なお》の事《こと》。

僕の求めに応じ、ファムから離れたクムラがこちらに駆け寄ると、男が言った。

『そっちの魔導姫様だな？』

「如何《いか》にも。ついさっき、君たちに殺されたお姫様だ」

皮肉っぽく言い、クムラは空間の穴を睨みつけながら、続けた。

「戦争を持ち出して脅迫みたいなことをしてるけど……先に仕掛けたのは、そっちだろう？」

『それについては、ちょっとした誤算があったというかだな……馬鹿幼女が暴走した結果ってやつで、うちの意向としては敵対する気はないんだよ。ただ、牙を剝《む》かれると、こっちも黙っていられない。これ以上の戦いは、お互いにメリットがないのさ』

「で、今回は不問にしろ、と。随分と都合の良いことを言うんだね——ウォルン＝バラクラーラ」

『——ッ!?』

光の文字を周囲に漂わせていたクムラが名前を告げると、男は動揺した様子で息を呑《の》んだ。クムラは蘇る時、僕と口づけを交わしている。つまり、彼女もまた、魔導羅針盤の真価を発揮することができる状態ということだ。

『つくづく、面倒な能力だな……クソッ』

男が吐き捨てると、空間の穴は徐々に小さくなる。一瞬、この穴の中に突撃してみようかとも考えたが、恐らくそれは無意味だろうと、諦めた。この先に敵がいるのならば手っ取り早いが、突撃した瞬間、何処《どこ》かもわからない空間に閉じ込められる可能性もある。そんな命知らずなことをするわけにはいかない。

『こっちも事情があるんで、この辺りで失礼するぜ。許してもらう必要はないが……こっちに来るっていうのなら、相応の覚悟をするように。俺たちも、黙ってやられるわけにはいかないからな……それと、死神』

「？」

突然呼ばれて首を傾《かし》げると、男は同情を含んだ声で言った。

『うちの姫から伝言だ。「いずれ私のものにするから、楽しみに待っていてくれ」だとよ』

「……」

本当に、変な星の下に生まれたな、と思う。幾人もの魔導姫に狙われることなんて、そうそうないだろう。

自分の数奇な運命に苦笑しつつ、僕は口元を三日月に裂き、殺気を放って返した。

「……冥府に送られる覚悟をして来るように、と伝えておいてくれる？　僕を攻略するのは、相当難しいということも」

『……承った』

その返答を最後に空間の穴は消滅。男の声も、それ以降聞こえることはなくなった。

「面倒な輩《やから》と関わってしまったね、ヴィル。君の力も見られてしまったし」

「そうだね。まぁ、他国に僕のことを言いふらしたりはしないと思うから、当分はアルレイン帝国だけを警戒する形になるだろうけど」

僕の力を欲するのは、何もアルレイン帝国だけではない。情報が他国——特に、魔導姫を持つ国に知れ渡ったなら、その国も本気で僕を狙いに来るだろう。安易にライバルを増やす真似《まね》はしないと思うし、帝国もそこまで馬鹿ではないだろう。だからと言って、油断はできないが。他国に情報が流れる前に、帝国は僕を手に入れようと躍起になるだろう。場合によっては、戦争を仕掛けてくる可能性も零《ゼロ》ではない。

これまで以上に警戒を強めないと。

気を引き締めつつ、僕は床に落ちていた『帝録写本』を拾い上げ、埃《ほこり》を払ってクムラに手渡した。

「はい。解読するんだろう?」

「勿論《もちろん》。一冊目になかったことが記されている可能性が高いからね。研究者として、解読しないわけにはいかない」

「頑張ってね。じゃあ、禁書の回収は終わったから、残るは——……」

身体の方向を変え、僕は少し離れた場所からこちらを見ているファムに歩み寄った。

「お疲れ様、ファム。大変だったね」

「ヴィル様……」

労《ねぎら》いの言葉をかけると、ファムはジッと僕を見つめて問うた。

「その姿と、力は……」

「んー……」

悩みつつ、見逃してくれないだろうなぁ、と察した。

気になるのは当然だ。全身に眼球を持つ生物なんて他に存在しないし、ましてや死者を蘇らせる力なんて、神話の中にしか存在しない。加えて、類を見ない異質な黒薔薇《ばら》の魔法もあり……気になることが多すぎるはず。

探求心を刺激されまくった挙句に『教えません』というのは、流石《さすが》に可哀《かわい》そうが過ぎる。

ファムの精神衛生を考えるならば、教えてあげるべきだろう。

やむを得ない。守秘義務を課した上で、教えるとしよう。

確認のために一度クムラを見ると、彼女は頷《うなず》いた。『どうぞ、お好きに』ということだろう。僕の意見を尊重してくれるのならば、ありがたくそうさせてもらおう。

「簡単に言えば……僕はクムラと同じだよ」

「それはつまり……ヴィル様の魔導羅針盤は『神が創りし羅針盤』の一つである、ということですか？」

「正解」

肯定し、首から下げていた死王霊盤《ベマーラ》を見せた。

「僕の死王霊盤《ベマーラ》は、死を統べる力を持つ魔導羅針盤だ。格納されている魔法の大半は、死に関するもの。クムラの全知神盤《グリフ》と違って、かなり物騒なんだ」

使い勝手は良いとは言えない。使用するためには魔導姫との口づけが必要になるし、格納されている魔法も、相手を殺すことを前提にしたもの。禁忌図書館を狙う襲撃者たちにも容易に使うことができない代物だけど、状況によっては破格の力を齎《もたら》すのも事実だ。

「死に関する……」

ジッと死王霊盤《ベマーラ》を見ていたファムは、口内に溜《た》まった生唾を飲み込んだ。

「とてつもない力を持っている魔導羅針盤なんですね。死者の蘇生《そせい》なんて力、これまで存在しないと言われてきましたが、その通説が変わりました。公にしたら、大変なことになるんじゃ……」

「そんなに便利なものではないんだけどね。それに、結果は同じでも、クムラを蘇らせた力は死者の蘇生じゃない」

「え？」

首を傾げたファムに、僕は説明する。

「僕はクムラを蘇らせたんじゃなくて、彼女の『死』を奪ったんだ。僕がこの姿になるためには、『神が創りし羅針盤』に選ばれた者の『死』を糧にする必要があるからね。必然的に、僕が蘇らせることができるのは魔導姫だけ、ということ」

「そのお姿になるためには、クムラ様の『死』が必要……」

泣き腫らした目元を片手で拭ったファムはその手を顎に当て、僅かな思案の後、僕に問うた。

「もしかして、ヴィル様がクムラ様と一緒にいる理由は、力の真価を発揮するため？」

「ちょっと違うかな」

首を左右に振り、否定する。

開示した僕の能力についての情報から、そんな考えが浮かぶのは仕方のないことだけど、僕がクムラと共にいる理由はそれじゃない。勿論、零というわけではないけど、一緒にいる理由は別にある。

「僕とクムラは契約を結んでいるんだよ」

「契約、ですか？」

「うん。僕はクムラの守護者として、彼女を害するあらゆる脅威を殲滅《せんめつ》する。代わりに──僕が何者なのかを知るために、クムラは協力するってね」

この契約は、僕とクムラが出会った時に結んだものだ。

昔の記憶を失っている僕は、自分が何者なのかという答えを持ち合わせていない。特に──種族に関して。僕の容姿は異質だ。他に類を見ない、天使と悪魔が合わさったような姿。この黒い翼と亀裂の入った光輪は、果たしてどの種族に属するものなのか。それがわかれば、僕は自分自身の正体を突き止められる気がする。

「まぁ、今のところ、僕が求める答えは何も得られていないんだけどね。禁忌図書館にいるのも、その答えに繋《つな》がる本が転がり込んでくる可能性があるから。常にこの姿と力が扱えたら、世界中の図書館を襲撃して探し回ったことだろうけど……それはできないからね」

「強大な力には制限がつくもの、と」

「そういうこと。だから、簡単にはこの姿になれないんだ」

確かに、この姿で扱うことのできる魔法は非常に強力。けれど、行使するためにはクムラが死ぬ必要がある。だから、今回のような非常時にしか使うことができない。

幸い、図書館とクムラを護《まも》るだけならば、キスをすれば十分だ。僕の使命を果たすうえでは、この制約に困ったことは、あまりない。

「本当は誰にも話しちゃいけないことだから、誰にも言わないようにね」

「も、勿論です！　絶対に、死ぬまで誰にも言いません！」

「頼むよ。じゃあ――戻ろうか」

二人に言い、僕は今一度周囲に視線を向けた後、死王霊盤《ベーマーラ》を指で叩《たた》く。と、途端に僕の全身に広がっていた眼球が消え、服も変身前のものへと戻った。夜とは言え、流石に街中をあの姿のまま歩くわけにはいかず、周囲に敵の気配もなかったので、変身を解除したのだ。このままの姿でも、大鎌があるので十分戦うことはできるから。

「で、いつにするの？　ファム」

「？　何がですか？」

「決まってるじゃん。本音でぶつかり合う会だよ」

ニヤッと笑い、クムラは手にしていた禁書で肩を叩いた。

「今回の件でファムがかなりの鬱憤を溜め込んでいるのがわかったからね。一度本気でぶつかり合ったほうが良いと思う。できれば遠慮がなくなる、お酒の席で」

「……それ、ただの飲み会になるのでは？」

「大人が本音をぶつけ合うのは飲み会の場って決まってるでしょ。大丈夫。飲み過ぎて暴走しても、ヴィルが止めてくれるから！」


ね！　と全幅の信頼を僕へと寄せるクムラに、肩を落とした。

話し合いが飲み会の場で行われることは、もう確定事項なのだろう。流石に図書館で酒盛りをするわけにはいかないので、何処かの酒場になるのか。本当なら二人で勝手に行ってきてくれると嬉《うれ》しいけど、こんな事件があったばかりで、何が起こるかわからない。クムラの護衛として、僕もその場に行くことになるのだろう。酔い潰れたり、暴走したり、面倒なことになりそうな場合は、僕が事前に介抱することになる。

全く、本当に損な役だ。

そう思うけど、これも仕事と割り切るしかない。それに、一緒に酒を飲んであげると言ってしまった以上、約束を破るわけにもいかないのだ。勿論、飲むの一杯だけだが。

「本当に収拾がつかなくなる前には止めるから、安心していいよ」

「！……ありがとうございます、ヴィル様」

頭を下げたファムは次いで、クムラに言った。

「ちょっと口が悪くなってしまうかもしれませんが、許してくださいね？」

「望むところだよ。寧《むし》ろ、そのためにアルコールの偉大な力を借りるんだからね」

「頼むから程々にしてよ？」

一応忠告するが、二人は気持ちの籠っていない返事をするだけ。

あぁ、これは思いっきり羽目を外すつもりだな。二人の反応から察した僕は、大変なことにならないことを願いつつ、本当にやばいと思ったら殴って気絶させよう、と密《ひそ》かに心に決める。せめて、もう一人くらい仲裁に入ってくれる者がいると、僕の負担も軽くなるんだけどなぁ。

叶《かな》うことのない願いを胸に抱きながら、僕は前を歩く二人を眺め、礼拝堂を後にした。

エピローグ

事件から七日後、昼下がりの禁忌図書館にて。

普段通り机の上に山積みになった書類を片付けようと机に向かった僕は、そこに置かれていた一枚の紙を手に取り、溜《た》め息《いき》を吐《つ》いて、肩を落とした。

「またか……」

紙面の上部には『婚姻届』の文字が躍っており、ご丁寧なことに、僕の名前をサインする欄以外は全て記入済み。あとは僕が空欄に名前を書くだけで、役所に提出することができる状態になってしまう。

僕の将来を決定づけてしまう危険な紙を折り畳み、僕は離れた場所にあるソファに寝転がっていたクムラに声をかけた。

「あのさ、クムラ――」

「サインするまで受け取らないからッ！」

威嚇する猫のような声を上げたクムラは、抱いていたクッションを前に突き出し、受け取りを拒否する構えを取った。最近も同じようなやりとりをしたような記憶がある。というか、彼女は一体何枚の婚姻届を持っているのだろうか。そんなに貰《もら》ってきたら、役所に迷惑だと思うのだけど……。

既に見慣れた我儘《わがまま》モードに突入したクムラを見つつ、僕は両手を腰に当てた。

「もう何百回も同じことを言っているけど、僕はまだ結婚するつもりはないよ。相手が誰であろうとね」

「うぅ、嘘《うそ》つき」

力強くクッションを抱きしめたクムラから放たれた予想外の言葉に、僕は首を傾《かし》げた。

「嘘つき？」

「嘘つき！　この前は夜景の綺麗《きれい》なレストランで結婚してくれるって約束したのに！」

「ええ……怖ぁ……」

あまりにも都合の良すぎる記憶を捏造《ねつぞう》しているクムラに、僕は思わず身を引いた。存在しない記憶を事実のように語る、妄想タイプ。これ、一番面倒くさいタイプだなぁ……話が通じるかどうか。

ただ、このまま無視することもできない。放置すると仕事もせずに大泣きするのはわかっているので、何とかしなければ。

「存在しない記憶を作らないでよ、クムラ。僕は君と結婚の約束をしたことなんて、一度もないじゃないか。君が勝手に婚姻届を準備しているだけで」

「でも私たちはキスをしている仲じゃないですか！　それはもう事実上の婚姻と捉えても良いのではないでしょうか！」

「やけに元気だな……世間一般ではそうかもしれないけど、僕たちに限っては、キスは愛の形を示すための行為とは限らない。魔法を使うために、必要な行為なんだから」

「お、乙女の純潔を奪っておいて……」

悔しそうに歯噛《はが》みするクムラは、人差し指を僕に向けた。

「では！　ヴィルが私と結婚しない理由を具体的に挙げてください！」

「これも何度も言っているんだけど……」

また同じことを言わなくてはならないのか、とうんざりしながら、僕は折り畳んだ婚姻届を丸めてゴミ箱の中に放り投げ、クムラの求める説明を口にした。

「僕もクムラも、お互いにまだ若い。ブリューゲル王国での平均的な結婚年齢は二十五歳だし、お互いにもう少し社会的な経験を積んで成長するべきだと思う。仮に子供が生まれたら子育てに時間の大半を割くことになるし、まだ僕は自分の時間を大切にしたいんだ。結婚すると、自分の時間はほとんどなくなるからね。クムラだって、本を読む時間がなくなるのも、お酒を飲む量が制限されるのも嫌だろう？」

「それはそうだけど……うぐぅぅぅぅ！」

返す言葉が見つからなかったのか、クムラは悔しそうにクッションを両手で殴りつけた後、僕の情に訴えかける作戦に出た。涙目で僕を見つめる。

「ヴィルは、私のことが嫌いなの？」

「これも何回目だ……嫌いじゃないよ。寧ろ、好ましいとも思っている」

「であるのならば、何故《なぜ》！」

「簡単な理由だよ」

腕を組み、僕は理由を告げる。

「僕が君に抱いている好きは、恋心の好きじゃない。家族や友人に向ける、親愛の好きなんだ」

「堅物ッ！　こんな美少女が自分の身体《からだ》を好きにしていいよって言ってるんだから、男なら上からも下からも涎《よだれ》を垂らしてギンギンに――」

「おぉい、また説教するか？」

品のない言葉を連発しそうになったクムラを牽制《けんせい》する。仮にも乙女としての自覚があるのなら、言葉の選択を誤らないでほしい。というか、今みたいなことは外では絶対に言うなよ？　周りの目が痛すぎることになるから。

自分の説教があまりにも効果を発揮していないことに嘆いていると、クムラはソファの上に転がっていた酒の入《こ》った小瓶を手に取り、栓を外し口元で傾けた。

「ぷはっ……。駄々を捏ねる作戦も失敗、と。これだと、この後に用意している作戦も成功しそうにないね。あーあ、頑張って考えたのになぁ」

「面倒な作戦を実行しないでほしいんだけど。……ちなみに、残りはどんな作戦だったの？」

「全裸で強襲既成事実作戦。紅茶に媚薬《びやく》を盛って襲ってもらう作戦。街中に婚約の話を広めて外堀を――」

「そろそろ騎士団に駆け込もうかな」

貞操を護るため、助けを乞いに行く選択も考えるべきかもしれない。

なんて恐ろしい作戦を考案しているのだろうか。というか、どれもこれも僕の気持ちを無視したものじゃないか。せめて僕にも選択の権利を残してほしい。実際にそれらの作戦が実行されなかっただけ、助かったと思うべきかなぁ……考えていること、普通に犯罪なんだけど。

初めて会った時は、ここまで暴走機関車みたいな子じゃなかったんだけどなぁ……。

遠い過去を懐かしみ溜め息を吐いていると、クムラは再び酒を喉に通しながら、前向きな言葉を口にした。

「ま、時間はたっぷりあるんだ。ヴィルの親愛が恋心に進化して、自発的に私とエロいことをしたくなるように、努力するよ」

「もっと別のことに力を注いでくれ」

仕事とか、禁酒とか。クムラが頑張らないといけないことは、山ほどある。僕を落とすことばかりに注力するのではなく、もっと他者や自分の役に立つことを頑張ってほしい。

そんな会話をしていたら、何だか書類を片付ける気力が削《そ》がれてしまった。残りはそれほど多くないし、少しだけ雑談をしよう。

そう決めた僕は、前々から気になっていたことをクムラに尋ねた。

「ねぇ。結局、ファムの処罰はどうなったの？　そこまで重くないってことは、わかってるけど」

「あー、そういえば知らなかったっけ？」

酒瓶の飲み口から唇を離し、クムラは教えてくれた。

「数日間の自宅謹慎と、二ヵ月の減給。以上！」

「魔導姫の命を狙ったのに、物凄《ものすご》く軽いね。何かしたの？」

普通ならば極刑の大罪。それがここまで軽い罰で済まされるなんて、何か外部の力が働いたとしか言えない。

問うと、クムラは『大したことはしていないよ』と言った。

「ファムは間違いを犯したけど、悪いのは全部アルレイン帝国だからね。可哀《かわい》そうな被害者だから、厳しい罰は許さないって上に言っただけだよ。重くしたら仕事しない、とも言ったけど」

「それ脅迫……というか、権力乱用なんじゃ？」

「特権を行使した、と言ってほしいね。私は何も悪いことをしていない。被害に遭った私が許すって言ってるんだから、別にいいじゃん。飲みに行く日が先延ばしにされるのも、嫌だったし」

「それが理由か……」

礼拝堂で約束した飲み会……もとい、互いの本音をぶつけ合う会は、今日の夕方に開かれる予定となっている。つまり、ファムの謹慎は七日未満。完全にクムラの私情を盛り込んだ処分ということだ。短いなぁ……いや、別に文句はないけどさ。僕もファムには重い処分を下してほしくないと思っていたし。けど、何だか釈然としない。

ということは……。

一つの考えに至り、僕はクムラに確認した。

「アルレイン帝国側に対しては、かなり抗議したって認識でいい？」

「間違ってないよ。ファムの処分を軽くできたのは、あの国への抗議や処分を厳罰にしたっていう理由もある。具体的には陛下が大使を呼び出して猛抗議した後、その大使を国外追放。更には魔法技術や知識の提供、留学生の交換も廃止」

「す、凄いな……陛下、相当忙しかったんじゃ？」

「忙しかったみたいだよ。けど、今回の件は陛下もかなり頭に来ていたみたいだから、やる気満々だったらしい」

クムラは楽しそうに笑い、話を聞いた僕は胸がすいた。

僕たちのために陛下が本気で怒ってくださったこともそうだけど、それ以上に、アルレイン帝国に少なからずダメージを残すことができたのが、何よりも嬉《うれ》しかった。やられっぱなしは好きじゃない。陛下も僕と似たようなところがあるので、多分、その気持ちで対処してくれたのだろう。頭が下がる一方だ。

「帝国側も猛抗議したらしいよ。ブリューゲルの国民が血を流すことになる、なんてことも言ってきたらしい」

「戦争も辞さない、と。で、陛下は?」

「詳しくは知らないけど、やれるもんならやってみろ、って感じだったらしい。数はともかく、魔法師の質はブリューゲルが圧倒的に上だし……何よりも『神が創りし羅針盤』が三つある。しかも、他国と違って百%の力を発揮できる状態で。だから、陛下も強気に出たみたい。対外的には、二つと言っているけどね」

「なるほどねぇ……」

それくらい強気で言ってくれたほうが、僕たちとしては頼りになるし、尊敬できる。一国の元首がそこまで言い、尚且《なおか》つ複数いる魔導姫が相手になると言われたら……流石《さすが》に、相手も引き下がるしかないだろう。

「陛下がそこまで言っても、帝国側はエミィを引き渡す気がないみたいだし……今後しばらくは、この状態が続くんじゃないかな。工作員の摘発も一斉に行っているみたい」

「帝国が強硬策に出ないことを祈るしかないね」

「願うことしかできないけど——あ! そうだ」

そこで何かを思い出したように声を上げたクムラはソファから立ち上がり、自分の作業机の上に置かれていた紙を手に取って、僕のほうへと歩み寄ってきた。

「はい、これ」

「これは?」

「『帝録写本』の解読文。それを要約したもの」

「あー……」

今回の事件の発端である禁書の内容。能力のほうばかり注目していたせいで、中身のことはすっかり忘れていた。本体はクムラが解読を終わらせた後に禁断書庫へと封印したので、もう二度と見ることもない。

正直、もう興味が薄れてしまっているのだけど……折角わかりやすくまとめてくれたのなら、読まないわけにはいかない。

僕は手渡された紙を受け取り、その紙面に書かれていた文章に視線を滑らせ——。

「は？」

素で、そんな声を零《こぼ》した。

「え……何これ？」

「解読直後の私と同じ反応だね」

「いや、だって……」

ケラケラと笑ったクムラに、僕は困惑の表情を向けた。

——私は、戦服を身に纏《まと》う乙女が好みである。民を護《まも》り、剣を手に取る勇者の証《あかし》を身に着けた戦乙女たちは、私の心を摑《つか》んで離さないのだ。民の良き王であるため、私は胸の内を声に出すことはしない。しかし、秘密を叫び打ち明けたいと願う心の叫びは日々肥大化していく。故に、私はこの手記に、私の心根を記す。戦乙女は、絶対正義である、と。

紙面に記されていた文章の下には『性癖暴露本でした』と書かれている。

つまるところ『帝録写本』という禁書は、これを作った皇帝の性癖を護るために、はた迷惑な呪いの力を持っていた、ということだろうか。この本を手にした人物が中身を知るよりも、嫌いな相手を殺したいと思わせることで気を逸《そ》らす……みたいな目的でもあったのかもしれない。

禁書に呪いの力が付与された理由はわからないけれど、とにかく、時の皇帝は軍服を身に着けた女の子が大好きだった……ということらしい。

「なんだそれ！」

思わず声を荒らげてしまった。

一体誰が、禁書には皇帝の性癖が書かれていると思うのだろうか。もっと壮大な帝国の秘密とか、世界の神秘とか、財宝の在《あ》り処《か》とか、そういうものが記されていると思うものだろう。

ある意味、誰も予想しなかった事実が記されていたわけではあるけど……何だか、一気に肩の力が抜けてしまった。この解読で得られたものは、結局何もなかったわけだ。

「よくこんなくだらない手記を最後まで解読したね、クムラ」

感心と同情の瞳を向け、クムラに賛辞を贈る。

僕だったら間違いなく、途中で投げ出して封印する。こんなふざけた禁書を解読するくらいなら、他の古文書やら禁書を解読したほうが有意義だ。

「んー……そうねぇ……」

「ん？」

意味深に言ったクムラは突然、僕の手を取り、指を絡めた。

「結構大変だったよ？　書いてあること面白くないし、無駄に変な言い回しがされていて解読が面倒だったし、途中で何度も投げ出そうと思ったくらい」

絡めた指に力を込め、クムラはぎゅっと僕の手を握った。

この行為の明確な意図は理解できなかったけれど、彼女が何かを僕に訴えかけていることだけは理解できた。何か忘れているような気がしないでもないけど――果たして。

「ご褒美」

「え？」

何の脈絡もなく紡がれた言葉に、僕は反射的に聞き返す。すると、クムラは期待に満ちた眼差《まなざ》しで笑い、繋《つな》いだ手をブンブンと上下に振った。

「頑張ったらご褒美くれるって、約束したよね？　私がとびきり喜ぶものを考えておいてって」

「あー……」

確かにそんなことを言っていたような気もする。今の今まで、完璧に忘れていたけど。

まずいな……何も考えていない。いや、忘れていたのだから考えていないのは当たり前なんだけど、とにかくヤバイ状況だ。

内心で焦る僕を、クムラはキラキラと輝かせた瞳で見つめる。まるで、おやつを目の前にした犬のように。

……こうなったら、あの手を使う――否、絶対に駄目だ。

一瞬脳裏に浮かんだ奥の手『君のモチベーションを上げるための嘘《うそ》でした！』を実行するか検討に入ったが、即座に却下した。それをやると、間違いなくクムラは泣いて大暴れする。いや、暴れるどころか休憩室にある包丁で僕を殺しにくるかもしれない。大きな事件が過ぎ去った直後なのに、即座に平穏が破壊されるなんて、そんなことは御免被る。

こうして必死に思考を巡らせている間も、クムラは『早く♪　早く♪』と僕を急《せ》かす。機嫌が最高に良い状態の内に、何とかご褒美を提示しなければ！

その使命感に駆られた僕は……これしかないか、と結論を見出《みいだ》し、クムラに顔を近づけた。

「え？」

突然の行動に身体《からだ》を硬直させたクムラ。しかし僕はそれに構うことはなく、徐《おもむろ》に彼女の前髪を上げ――額に触れる程度のキスをした。

「よく頑張りました」

「……」

しばらくの間、クムラは何をされたのか理解できず、呆然《ぼうぜん》と唇が触れた額に手を当てる。

やっぱり、可愛《かわい》いくらいに初心《うぶ》だ。

何をされたのかを理解し、徐々に顔を紅潮させていくクムラを見ながら、僕は『もう一度キスしたら、どんな反応をするのかな？』と湧き上がってきた悪戯心《いたずらごころ》を必死に抑える。これ以上は彼女の心が耐え切れず、勢い余って襲ってくるかもしれない。自分の身の安全を考えるなら、これくらいで留《とど》めておくべきだ。

「満足した？」

「ぇ……あ、うん」

「良かった。じゃあ、夜は飲み会があるし、午後の仕事を片付けて――」

と、自分の仕事机に戻ろうと身体の方向を変えた時、気が付いた。

メインフロアの入り口に、二人の少女が立っていることに。

「ファム、シスレ……」

動きを止めている二人の名前を呼び、やべぇ、そんな心境で僕は頬を引き攣《つ》らせた。

二人の反応と入ってきたタイミングを考えるに、先ほどの光景は確実に見られている。図書館の真ん中で、僕がクムラの額にキスをする場面を、バッチリと。

どー……しよっかなぁ……。

この後の対応をどうするか悩んでいると、立ち尽くしていた二人は小走りで僕の下へと詰め寄り、特にファムが冷静さを欠いた様子で説明を求めてきた。

「ヴィ、ヴィル様ッ!?　い、一体クムラ様に何を為《な》されていたんですかッ!!　図書館内では淫らな行為はしてはいけないとあれほど忠告しましたのに……!!」

「落ち着いてファム。これは決して邪《よこしま》な理由があって行ったキスではないんだ。信じてほしい」

顔を赤くして慌てふためくファムに言い聞かせていると、その隣で、シスレは何故《なぜ》か訳知り顔で頷《うなず》いた。

「わかっていますよ、ヴィル様」

「……一応聞こう。何が？」

問うと、シスレはうっとりとした表情で自分の頰に手を当て、言った。

「ヴィル様はこの後に控えている私との甘い口づけのために、準備をしていたのですよね。勿論《もちろん》、上と下の二つの口でのキスです」

「全然違うし、なんで僕がシスレとキスをすることが前提になっているんだよ」

「！　大聖堂を貸し出す見返りに、甘くとろける時間を約束してくださったではありませんか！」

「なんでシスレまで記憶捏造《ねつぞう》してるんだよ！　そんなこと言った記憶は微塵《みじん》もないよッ！」

堪《たま》らず叫び、僕はシスレに反論した。

どうしてブリューゲルにいる二人の魔導姫がどちらも妄想癖を持っているのだろうか。

しかも、それを事実のように言って迫ってくるところも似ているし……勘弁してくれ。僕は捏造された記憶で結婚させられるのも、交わるのも、どちらもお断りなんだ。

「聞き捨てならないなぁ～シスレ」

そこで放心状態から戻ったクムラが僕たちのほうへと近づき、とんでも発言をしたシスレに人差し指を向けた。

「私のヴィルを傷物にしようなんて、許されることじゃないよ。彼の貞操も時間も未来も、全部私のものなんだから」

「ブリューゲル王国の至宝であるヴィル様を独占しようなど、傲慢にも程があります。彼はこの国の共有財産なのですから、平等に味わうべきでしょう」

「べきじゃないねッ！　相応《ふさわ》しくない女に彼は渡さないし、そもそもシスレは聖女だろう！　不純なことをするのは、君を崇拝する者たちへの裏切りじゃないの？」

「神は言いました。『汝《なんじ》、絶世の美少年は下の口で食べなさい』と。ヴィル様ほどの美少年ならば、この言葉が示す絶世の美少年に該当するはずです」

「神がそんなことを言うわけないだろうが――ッ！」

「お、お二人ともッ！　神聖な図書館で昼間からそんな卑猥《ひわい》な話をしないでくださいッ！」

「……はぁ」

もう勝手にしてくれ。

怒る気力も失《う》せた僕は気配を消し、少し離れた席へと腰を落ち着ける。そして、口論を繰り広げる二人の中間で何とか仲裁を図るファムに視線を固定した。

今日、こうして彼女の姿を再び見て、とても安心した。悪意ある国の刺客によって利用されていたとはいえ、彼女は今回のことを心の傷として抱え込み、苦しんでいるかもしれないと思っていたから。生真面目な彼女は問題を一人で抱え込みやすい。そのため、自決などの馬鹿な行為をするのではないかと僅かでも考えたが……それは杞憂《きゆう》だったらしい。今の元気な姿からは、後悔を抱えながらも前を向こうとしている姿勢が感じられた。今日、この後の席で胸に溜《た》め込んでいるものを全て吐き出させてしまえば、もう大丈夫だろう。

願わくば彼女の努力が報われて、クムラとの間にある蟠《わだかま》りが完全に解消されますように。

「もう頭来た。ヴィルッ！　私たちの絆《きずな》と身体の相性を見せつけるから、今すぐ服脱いでッ！」

「脱ぐわけないだろ泥酔天使ッ！」

馬鹿なことを言い出したクムラに一喝し、頬杖《ほおづえ》をついて溜め息を吐《つ》く。

あとで絶対に、僕が知らないクムラの恥ずかしい学生時代のエピソードとかをファムから聞き出そう。

クムラの我儘《わがまま》に対抗するカードを手に入れることを決意し、僕は今も騒がしく会話を繰り広げる三人を眺め——その平和な光景に、自然と笑みを零した。

あとがき

初めまして、安居院晃《あぐいこう》だと思います。

本作には天使と悪魔が登場しますが、犬のおまわりさんが連日連夜高速道路で違反車両とカーチェイスを繰り広げている事実とは一切関係がありませんので、ご安心ください。

ところで皆様は炭酸水を飲むときにどんなトレーニングをしていますか？　サイクリング、ジョギング、筋トレ、ベ●ブレード。スポーツと呼ばれるものは色々ありますが、私のオススメは洗車です。黄砂と花粉、土埃《つちぼこり》で汚れた車体に炭酸水を流すと、炭酸が弾《はじ》ける音が愛車の悲鳴に聞こえてとても心地が良いです。その音を聞きながら食べるファ●チキが格別に美味《うま》いと以前悪友から聞いたので、試してみたい方は是非やってみてください。私はやりませんが。

また、洗車といえばバッティングセンターという単語を連想する方も多いのではないでしょうか。普段は喧嘩《けんか》にしか使わない金属の棒を用いて、高速で射出されるボールを打ち返すのは中々に爽快感がある行為です。二百球ほど打ち返した後にサウナに行くのもいいですね。私は三十球くらいでやめますが、皆さんは千球ほど打ってみては如何《いかが》でしょうか？　終わった後の瓶コーラ、多分信じられないくらい美味《おい》しいと思います。

長々と作品とは関係のない話をしてしまいましたね。

ここまでの話を要約します。

なんで十二月なのに最高気温が二十度超えてるんですか？

最後に謝辞を。

ｔｅｆ先生。本作のキャラクターを魅力的に描いてくださり、本当にありがとうございます。どのイラストも素晴らしく、手元に届く度に気分が上がってしまいました。

担当編集様を始め、本作の制作に携わってくださった全ての方々。皆様方の並々ならぬご尽力のおかげで、この作品を完成させることができました。本当にありがとうございます。

そして、この本を手に取ってくださった全ての方々に、最上のお礼を申し上げます。

またご挨拶できることを、心から楽しみにしております。

作品のご感想、
ファンレターをお待ちしています

あて先

〒141-0031
東京都品川区西五反田 8-1-5 五反田光和ビル4階
ライトノベル編集部
「安居院 晃」先生係／「tef」先生係

OVERLAP

最強守護者と叡智の魔導姫 1
死神の力をもつ少年はすべてを葬り去る

発　行　2024年1月25日　初版第一刷発行

著　者　安居院 晃
発行者　永田勝治
発行所　株式会社オーバーラップ
〒141-0031　東京都品川区西五反田 8-1-5
校正・DTP　株式会社鷗来堂
印刷・製本　大日本印刷株式会社

Printed in Japan　ISBN 978-4-8240-0707-0 C0193

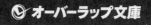

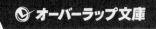

第12回 オーバーラップ文庫大賞
原稿募集中！
イラスト：じゃいあん
【締め切り】
第1ターン 2024年6月末日
第2ターン 2024年12月末日
各ターンの締め切り後4ヶ月以内に佳作を発表。通期で佳作に選出された作品の中から、「大賞」、「金賞」、「銀賞」を選出します。
その物語は、
きっと誰かが
好きな物語。
【賞金】
大賞…300万円
（3巻刊行確約＋コミカライズ確約）
金賞……100万円
（3巻刊行確約）
銀賞………30万円
（2巻刊行確約）
佳作………10万円
投稿はオンラインで！ 結果も評価シートもサイトをチェック！
https://over-lap.co.jp/bunko/award/
〈オーバーラップ文庫大賞オンライン〉
※最新情報および応募詳細については上記サイトをご覧ください。
※紙での応募受付は行っておりません。